孤独な推しが義弟になったので、私が幸せにしてみせます。

押して駄目なら推してみろ！

咲宮

24394

角川ビーンズ文庫

CONTENTS

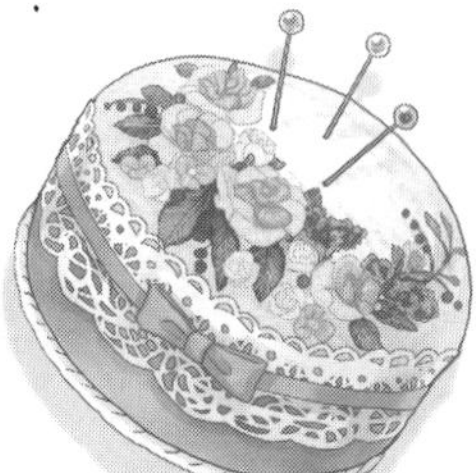

ジョシュア様
ゲーム時の名前は
ジョシュア・ウォリック。
乙女ゲーム
『宝石に誓いを～君の
ためのラブストーリー～』
の攻略対象キャラ
ジョシュア・
ルイス
イヴェットの義弟。
オッドアイのせいで、
虐げられてきた
推し最高
イヴェット・ルイス
乙女ゲーム
『宝石に誓いを
～君のためのラブストーリー～』
に転生した
死ぬ予定の侯爵令嬢。
推しはジョシュア(15歳)

ユーグリット・ルイス

侯爵で
イヴェットの父

オフィーリア・ルイス

侯爵夫人でイヴェットの母。
ユーグリットへの愛は別格

キャロライン・デリーナ

伯爵夫人。
オフィーリアの友人

CHARACTERS

孤独な推しが義弟になったので、私が幸せにしてみせます。

押して駄目なら推してみろ!

本文イラスト／春海　汐

プロローグ

「あぁ、どうして今年も来てくださらないの……」

ルイス侯爵《こうしやく》家の食堂で、悲しげな女性の声が響《ひび》く。声の主は誰《だれ》かを待っているようで、しかしその相手は一向に姿を現す気配がなかった。

「ユーグリット様……なぜなのですか」

ユーグリット、その名前が指す人物は私の父である。

そして、先程《さきほど》から悲愴感《ひそうかん》あふれる声を出しているのが、私の母、オフィーリア・ルイス。普段《ふだん》なら眩《まぶ》しく見える金髪《きんぱつ》も、重苦しい雰囲気《ふんいき》のせいで色褪《いろあ》せて見える。流れる涙《なみだ》は美しく、絵になるほど整った顔立ちだ。

(……あんなに料理を用意させたんだ)

扉《とびら》の隙間《すきま》から見えるのは、テーブルの上に並ぶ豪華《ごうか》な食事。飾《かざ》り付けられた部屋と、準備された食事には意味があった。

今日は両親の結婚《けっこん》記念日なのだ。

二人にとって十二回目の記念日。しかし、お父様がその祝いの席に訪《おとず》れることはない。

理由は簡単。お父様にとっては、祝うべき日でもなんでもないからだ。

元々は公爵令嬢《れいじょう》だったお母様が権力を盾《たて》に、無理やり押し進めたと言われるこの婚姻《こんいん》。お父様は結婚したのだからあとは好きにさせてくれと言わんばかりに、お母様を放置していた。結婚したは良いものの、結局一番大切な心までは手に入れることができなかった憐《あわ》れなお母様。

かくいう娘《むすめ》である私は、そんな同情心からお母様の様子を覗《のぞ》きにきた——わけではない。

「ユーグリット様、貴方《あなた》は今年も来てくださらなかった。わかりましたわ、貴方が私を愛してくださらないということが」

こっそりと部屋に入ると、暗く重たい声が部屋の中に響いた。

「あぁ、ユーグリット様。私を愛してくれない貴方などいりませんわ。それなら——」

(殺してしまいましょう、ですよね？　その先は言わせませんよ、お母様!!)

紡《つむ》がれるはずの言葉をかき消すために、勢いよく走り出した。お母様の視界に入るようにバッと両手を広げて、自分の存在をアピールする。

「お待ちくださいお母様!!」

「…………あら、イヴちゃん」

「はい。娘のイヴェットです」

虚《うつ》ろな瞳《ひとみ》が私を捉《とら》えた。お母様の意識は、闇落《やみお》ち寸前でまだ堪《こら》えているように見えた。

（私を認識《にんしき》できるなら、私の声が届くはず!!）

手に力を入れると、お母様の目をじっと見つめた。

「愛することを諦《あきら》める必要は、ないのではないでしょうか？」

「……もう、無理よ」

はっと自嘲《じちょう》するように笑うお母様。

「手紙を送ったり、会いに行ったり……一通りできることは全《すべ》てやったわ。でも、ユーグリット様は今日、来てくださらなかった」

しかし、お母様の心には全く届かない。

（知ってますとも。重すぎる愛の押し付けをしていたのを、見てきましたからね）

決して言葉には出さず、けれども本人に気が付かれないように、うんうんと頷《うなず》いていた。

「だからもういいの」

「いいえ！　お母様がまだ一度も試していない方法があります!!」

「試していない方法……？」

その復唱は、興味があるような声色《こわいろ》だった。

「はい、押して駄目《だめ》なら」

「知っているわ。引いてみろ、というのでしょう。それもやったの……だけど無駄《むだ》だった」

食い気味に否定されてしまった私の意見だが、最後まで言い切っていなかった。

「いいえ。押して駄目なら、推《お》してみろ!!　ですわお母様!!」

ですわお母様!!　……お母様……様。

私の声はお母様の嘆《なげ》いていた声より遥《はる》かに大きく、部屋の中で反響《はんきょう》していた。

ポカンとしているお母様を、私は自信満々の表情で見つめる。

「押して駄目なら押してみろって……？　結局は押すってことよね。それももうやったわよ……？」

「いいえ、その押しではありません」

「イヴちゃん……何を言ってるの？」

「私の言う〝おし〟とは、推し活の〝推し〟ですお母様！」

「おしかつのおし？」

私の意図を説明すると、お母様の頭上にはこれまでにない大量の疑問符《ぎもんふ》が浮《う》かび上がっていた。しかし思考は放棄《ほうき》され、お母様は衝撃《しょうげき》を受けたように両手で口を押さえた。「うちの子が変なことを言ってる……！」という表情が読み取れる。確かに十一歳の我が子が突然《とつぜん》こんなことを言い出したら驚《おどろ》くことだろう。

「イ、イヴちゃん。ありがとう、私を慰《なぐさ》めてくれたのね……」

「お母様、私は本気ですよ!!」

そう力強く言えば、お母様のどんよりとした空気が緩和《かんわ》され、私を本気で心配する眼差《まなざ》

しへと変わっていた。

こんな不思議かつとんでもない提案をしたのには、もちろん大きな意味がある。

私は転生者であるが故《ゆえ》に、本来ならばお母様がこの後失意のあまり屋敷《やしき》に火をつけてしまう未来を知っている。私はそこに巻き込まれ、心中という形で生涯《しょうがい》を終えるのだ。

今ここでお母様の闇落ちを止めなければ自分の命が危ない。だからお母様のお父様に対する負の感情を静められるよう、必死に説得した。

そこまでしてでも、生き延びたいという強い理由があったのだ。

(せっかく推しが義弟《おとうと》になったのよ！　なんとしてでも成長を見守らないと!!)

第一章　推しが我が家にやって来た！

イヴェット・ルイス。

ルイス侯爵家の一人娘である私は、両親の様子が普通ではないことを感じながらもすくすくと成長していた。母親譲《ゆず》りの金髪と、父親に似た顔立ちは嬉《うれ》しいことに整っている。両親に似ていない部分と言えば、ラベンダーのような紫色《むらさきいろ》の瞳くらいだ。

私が前世の記憶《きおく》を思い出したのは、義弟《おとうと》であるジョシュア・ルイスをこの目で見た瞬間《しゅんかん》だった。十歳になって間もない頃《ころ》、私はお父様から屋敷の一室に呼び出された。そこには幼い男の子がいて、叔父《おじ》の子どもを養子として迎《むか》え入れたと紹介《しょうかい》された。従弟《いとこ》から義弟《ぎてい》になったわけだが、ほとんど話は耳に入ってこなかった。なぜなら、私にとって信じがたい状況《じょうきょう》だったから。

（ジョシュア、ですって？　……待って。この前髪《まえがみ》で片目を隠《かく》すスタイル、透《す》き通った青色の瞳で、艶《つや》やかな銀髪《ぎんぱつ》と天使のビジュアル……間違《まちが》いない!!　私が前世でやり込んだ乙《おと》女《め》ゲーム『宝石に誓《ちか》いを～君のためのラブストーリー～』の攻略《こうりゃく》対象、ジョシュア様だわ！）

雷《かみなり》に打たれたかのように前世を思い出し、一人衝撃を受けた。

前世で一目惚《ひとめぼ》れしたビジュアルを忘れるわけがない。

前世の記憶だとしてもジョシュア様の姿は鮮明《せんめい》に思い出せる。片目が前髪で隠されている姿と、立ち絵から感じられるクールなかっこよさが私の好みど真ん中だった。

(嘘《うそ》でしょ⁉　推しが……推しが、目の前にいるんですけど‼)

正確には推しの幼少期を前にしているわけだが、興奮のあまり思考が上手《うま》く回らなかった。しかし喜んだのも束《つか》の間で、次に思い出したのは、自分が死ぬというシナリオだった。

(待って……このままだと私、死んじゃう⁉)

攻略対象者の中からジョシュア様を選び、そのルートをやり込んだからこそ彼に関するエピソードなら全て知っている。

ジョシュア様は不幸体質という設定があり、彼の生い立ちは壮絶《そうぜつ》なものなのだ。生まれ育った家では虐《しいた》げられ、引き取られた最初の家では夫人が一家心中を起こし、その次に引き取られた家では当主が馬車の事故に遭《あ》ってしまう。偶然《ぐうぜん》とはいえ不幸を引き起こし続けていることで、本人も自分には何かあるのではと苦しむエピソードがあるのだが、今重要なのはそこではない。

最初に引き取られて一家心中を起こす家というのが、このルイス侯爵《こうしやく》家なのだ。

シナリオ通りに事が進めば、ジョシュアが養子として我が家に来てから間もなく私は死ぬことになる。

（二回目の人生なのに、もう死んじゃうの？）

転生したという自覚が芽生えたからこそ、幼いうちに死んでしまうという恐怖《きょうふ》が重くのしかかった。

（そんなの嫌《いや》……!!）

ぎゅっと手に力を入れた瞬間、お父様に名前を呼ばれた。

「イヴェット、大丈夫《だいじょうぶ》か」

「……はい、大丈夫です」

お父様の声で思考が止まった。抱《いだ》いた不安を振《ふ》り払《はら》うように笑《え》みを浮かべると、お父様は追求することなく改めてジョシュアを紹介した。

「そういうわけで、ジョシュアは今日からイヴェットの義弟になる」

これは自分が名乗る番だと判断すると、ジョシュアに少し近付いて彼の目を見た。一歳年下ということもあってか、ジョシュアは私より少し背が低かった。

「初めまして。イヴェット・ルイスです。これからよろしくね」

「……ジョシュアです」

恥《は》ずかしいのか、目線は下がったまま小さな声で返された。

（もしかしてまだ緊張《きんちょう》しているんじゃないかしら）

何か緊張を解く話題を提供したいと考えたその時、窓から風が吹《ふ》き込んできた。その拍《ひょう》子《し》にジョシュアの髪《かみ》がなびいて、隠されていた瞳がハッキリと視界に映る。

彼のオッドアイはゲームでも数度しか出てこない。基本的に前髪で片方隠されていて、空よりも明るく澄《す》んだ青色の瞳だけが見えている状態だ。ゲームのジョシュア様は、オッドアイという珍《めずら》しい瞳《ひとみ》を気味悪がられ、生まれ育った家では虐げられた。恐《おそ》らく目の前にいるジョシュアもそれは同じで、オッドアイを気味悪がられたからこそ、片方の瞳を髪で隠しているのだろう。

隠されていた瞳は星々のように煌《きら》めく黄色い宝石みたいで、吸い込まれるほど美しいものだった。ジョシュアが慌《あわ》てて髪を押さえたことですぐに見えなくなってしまったが、私は思わず声を漏《も》らしていた。

「凄《すご》く綺麗《きれい》……」

「えっ」

私が魅入《みい》られていると、ジョシュアは困惑《こんわく》したように固まった。ようやくこちらを見てくれたが、その表情は不安そうなものだった。

(きっとこの家に来て、まだ慣れてないのよね)

そう判断すると、私は自分から積極的に話しかけることにした。

「お話ししましょう、ジョシュア！　お父様、よろしいでしょうか？」

「もちろん」

「えっ、あの」

戸惑《とまど》うジョシュアの手を引いて、私は室内にあるソファーへと向かった。二人並んで座ったところで話し始める。お父様はその様子を見て静かに退室した。

好きな食べ物という簡単な話題から、ルイス侯爵家とはどんな家か、両親はどんな人かという家にまつわることまで様々な話題を提供した。とはいえ、ジョシュアは相槌《あいづち》を打つばかりで、ほとんど私が一人語りをしているだけだったが、それでよかった。ジョシュアが少しでもこの家に馴染《なじ》めるよう、不安が消えるよう、私はひたすら話し続けた。最後に屋敷の中を案内して、顔合わせは終了《しゅうりょう》した。


私は自室に戻《もど》ると、思い出した前世と自分の状況を整理し始めた。ノートに覚えている記憶を書き起こす。

「……私が死ぬのは一年後のはず」

ジョシュア様ルートをやり込んだ時に出てきたサイドストーリーで、〝九歳の時に引き取られた家では、翌年夫人が結婚《けっこん》記念日に心中をしてしまう〟と出てきた。家名も出てこない上に本編では一度も触《ふ》れられない、モブですらないルイス侯爵家。自分がプレイヤーだった時は気にも留めなかったが、今となってはそれを後悔《こうかい》する。何せ自分の生死がかかっているのだから。

（一家心中でジョシュア様以外誰《だれ》も残らなかった……ということは、私も漏れなく心中に巻き込まれて死ぬということよね）

どうにか落ち着いて情報を整理した結果、やはり死が近付いてきていることがわかった。

「あと一年で死ぬだなんて絶対嫌」

私は前世、交通事故に遭って死んでしまった。

ブラック企業《きぎょう》に勤め、仕事に追われる中出会ったのがあの乙女ゲームとジョシュア様だった。人生で初めてできた推《お》しにときめきと癒《い》やしをもらいながら生活する中で、何の前《まえ》触《ぶ》れもなく命を落としてしまった。ゲームをやり込んで推し活を楽しんでいたというのに。やりきれない部分はあるけれど、転生先で推しに再び会えたことで悲しさは吹き飛んだ。

（前世は推し活途中《とちゅう》で死んじゃったのに、今世は推し活を楽しむ間もなく、幼いうちに死ぬだなんてあり得ない。絶対に生き延びて、推し活を楽しむのよ！）

せっかくジョシュア様という推しが義弟になって、人生これからだというのに、あっさりと退場するのはお断りだ。必ず生き残って、推しのいる生活を楽しみたい。

確固たる意志を抱きながら、私はどうするべきか頭を悩《なや》ませた。

「でも逆に考えれば、死ぬまであと一年はあるということよね」

希望が見えてくると、私は強く決意した。

「死なないためにも、どうにかお母様の心中を阻止《そし》するのよ……!!」

目的を声に出した瞬間、ふと疑問を抱いた。

「……それにしても、どうしてお母様は一家心中なんてしたのかしら？」

思い返してみれば、私はお母様のことをあまり知らなかった。心中の意図がわからなくては、阻止のしようがない。そう思った私はお母様のことを知ろうと、調査を兼《か》ねて交流を増やしながら、何か解決策を作れないかと動き始めるのだった。

お母様の調査をする一方で、義弟《おとうと》となったジョシュアの様子が気になったので見に行った。顔合わせ以降、彼は一人で静かに過ごすことが多いようだった。使用人とも話しているる様子はなく、まだルイス家に馴染めていないように見えた。私は見かける度《たび》に話しかけていたのだが、どことなく壁《かべ》を感じていた。相手が推しとはいえ、せっかく義姉弟《きょうだい》になったからには仲良くなりたい。

(壁か……あれ？　もしかして)

前世の記憶《きおく》を手繰《たぐ》り寄せると、とんでもないことに気が付いた。

「ゲームの出会いと同じなのでは!?」

自室に私の声が響《ひび》くと、慌てて口を塞《ふさ》いだ。

(お、大きな声出し過ぎた……!)

キョロキョロと部屋を見回すと、侍女《じじょ》はいなかったので一安心する。ほっと一息吐《つ》いて、前世のことを記したノートを取り出す。

『宝石に誓《ちか》いを～君のためのラブストーリー～』通称《つうしょう》ジュエラブは四人の攻略《こうりゃく》対象者が出てくる乙女《おとめ》ゲーム。ジョシュア様もその一人で、前世の私は推しである彼のルートをひたすらやり込んでいた。

ジョシュア様は唯一《ゆいいつ》の後輩《こうはい》キャラクターで、普段《ふだん》はクールで人を寄せ付けないのに、仲良くなると年下っぽく甘えることがあり、そのギャップが魅力《みりょく》の一つだった。

そんなジョシュア様との出会いイベントは彼の入学式になる――。


学園に入学してから二度目の入学式。

式が行われる会場近くを通ると、一人の生徒が木の下に佇《たたず》んでいた。

茶色いブレザーに黒いズボンは、間違《まちが》いなく学園の制服だ。しかし遠目に見ても、ネクタイの色は一年生のものだった。

大丈夫だろうかと心配しながら近付くと、そこにいたのは端整《たんせい》な横顔をした少年だった。青みがかった銀髪《ぎんぱつ》が風になびいており、透《す》き通るような青い瞳に強く引き付けられる。あまりにも美麗《びれい》な姿に見とれていると、少年はこちらに気が付いた。体を向けたことで、彼の顔がハッキリと視界に映る。長い前髪《まえがみ》を片側に寄せてあるせいか、片方の瞳が見えにくくなっていた。じっと目を凝《こ》らしてみると、片目は眼帯で覆《おお》われていた。

「何か用？」

低く響いた声からはどこか不機嫌《ふきげん》なのだろうという様子が窺《うかが》えた。綺麗だと思っていた瞳に睨《にら》まれてしまったからか、驚《おどろ》いて上手《うま》く言葉が出てこない。今度はこちらが見つめられる形になった。好意的な目線ではないとわかっていても、端整な顔立ちの彼に見つめられていると思うと嫌《いや》な気はしなかった。緊張《きんちょう》して固まる中、彼の視線がネクタイに移ったことがわかった。

「……先輩《せんぱい》か」

ネクタイの色が自身と違うことに気が付いた彼は、小さく息を吐いた。ゲームウィンドウに表示されたのは、自分が名乗るテキスト。

意図せず自己紹介《しょうかい》をした結果、少年は顔を歪《ゆが》ませた。名乗られた以上自分も名乗るのが礼儀《れいぎ》ではあるが、彼はそれが嫌だったのだろう。

「……俺はジョシュア・ウォリックです」

ジョシュア様は不満げな声で名前だけ告げ、こちらを改めて睨んだ。

「用がないなら見ないでください」

あふれ出る嫌悪《けんお》感《かん》を残して、ジョシュア様は去っていった。

いや壁が高すぎる！

思い出してみれば、出会いイベントはあまりいいものではなかった。

ゲームの中のジョシュア様は不幸な出来事が続いているため、最初は心を閉《と》ざしている。自分のオッドアイを良く思っていないため、人に見られるのを極度に嫌がるという設定だった。ジョシュア・ウォリックとは、ゲームに出てきた時の名前で、ウォリック侯爵《こうしゃく》家は彼を二番目に引き取った家だ。

基本的に攻略対象者は主人公より爵位が高い。ただ、主人公も伯爵令嬢《はくしゃくれいじょう》という設定なので、ジュエラブは〝貴族同士の恋愛《れんあい》が楽しめる〟というコンセプトのゲームになっている。

言ってしまえば他《ほか》の乙女ゲームと仕様は似ていて、そのコンセプト自体に強く惹《ひ》かれたわけではなかった。私にとってジュエラブ最大の魅力は、ジョシュア様がいたということ。

今思い返しても、ゲームソフトのパッケージで見かけた時からジョシュア様のあのビジュアルに一目《ひとめ》惚《ぼ》れしていた。他の乙女ゲームでは滅多《めった》に見られない目隠《めかく》れのビジュアルに加えて、実際にプレイしたらわかるジョシュア様にしかない唯一無二の魅力にはまり、気が付けば最高の推しになっていたのだ。

「……そういえばゲームの最初は〝見ないでください〟って言われたんだったな」

それに比べれば、先日の顔合わせで睨んでこなかったジョシュアは可愛《かわい》らしいものだ。

ゲームでの最悪すぎる出会いに、攻略を放棄《ほうき》するプレイヤーが多く、攻略対象者の中では不人気という噂《うわさ》も流れていた。

「でも！　顔が良すぎるんですよ……!!」

顔を両手で覆いながら一人悶《もだ》える。

前世の自分が面食いだったこともあるが、あのビジュアルは他の誰《だれ》よりも眩《まぶ》しく輝《かがや》いていた。たとえ冷たくあしらわれた出会いであっても、顔の良さで帳消しになるくらいだ。

「やっぱりジョシュア様は最高だわ」

そう呟《つぶや》きながら、思い出したジョシュア様の情報をノートに書き留める。

（このままお母様が心中してしまうと、この世界のジョシュアも心に傷を負うことになってしまう……）

そうして不運を積み重ねた結果、ジョシュアは自分を不幸体質と思い込むようになる。

本来ならばそれがシナリオであり、ジュエラブのジョシュア様というキャラクターなのだ。

「でもそれは、ゲームの話よ」

義弟《ぎてい》になったジョシュアが同じ道をたどらなくてはいけない理由はない。

義弟として家族になった以上ゲームのような人生ではなく、ジョシュアにとって笑顔《えがお》が絶えないような幸せな日々を過ごしてもらいたい。そのためには、ジョシュアと義姉《あね》として仲良くなりたい。たとえ死を回避《かいひ》したとしても、彼を孤独《こどく》なまま放置してしまえば似たような人生を歩んでしまうと思ったのだ。

（ジョシュア。貴方《あなた》は一人じゃないってこと、不幸じゃないってこと、伝えないと！）

しかし、何からすればいいかはわからなかった。

ただ話すだけでは効果が薄《うす》いということは先日の交流で証明済みだ。それに加えて何かを行おうと考えるものの、すぐに案は浮《う》かばなかった。ふと乙女ゲームのジョシュア様が眼帯をしていたことを思い出した。思えば今のジョシュアはまだ眼帯をつけていないのだが、オッドアイなことは気にしている様子だった。

「……よし、ないなら私が作ろう！」

ガタンと勢いよく立ち上がると、すぐさま行動に移した。

そして数日後、完成した物を手にジョシュアの部屋を訪《おとず》れた。

「ジョシュア。今いいかしら？」

「……はい、大丈夫《だいじょうぶ》です」

入室の許可をもらうと、扉《とびら》を開けて中に入り、ジョシュアの正面に座った。

ジョシュアは無表情だったが、部屋を訪れたことを嫌がっているようには見えなかった。いきなり贈《おく》り物をすると驚かせてしまうので、今日は何かあったかと他愛《たわい》のない会話から始めた。返ってきたのはこなしたスケジュールの内容で、いつも通り淡々《たんたん》としていた。

(そっか、もう後継者《こうけいしゃ》教育を始めたのね)

ジョシュアがルイス侯爵家に養子として迎《むか》えられた理由は、おそらく後継者にするということだろう。お父様がどのように考えているかはわからないが、ジョシュアが優秀《ゆうしゅう》だという話は耳にしていた。私も後継者教育は受けているけれど、もしかしたら必要なくなるかもしれない。

(ちょっと悲しいけど、優秀な人が継《つ》ぐべきだもの)

そう割り切りながら、ジョシュアの話に耳を傾《かたむ》けていた。

話に一区切りつくと、私は用意していた箱をテーブルに置いてジョシュアに見せた。

「……これは?」

「ジョシュアへのプレゼントなんだけど、よかったら開けてみて」

にこにことしながら答えるものの、警戒《けいかい》している様子が窺える。恐《おそ》る恐る手を伸《の》ばしたジョシュアは、箱を手にするとそっとふたを開けた。中に入っていたものを取り出したが、何だかよくわかっていないようで、首を傾《かし》げていた。

「眼帯を作ってみたの。瞳《ひとみ》を髪《かみ》で隠すのも一つの手だけど、眼帯を使う方が簡単に隠せるからジョシュアにどうかなって」

ジョシュアは眼帯をじっと見つめていた。

「もしよかったら使ってみて」

「……やっぱりこの瞳は気持ち悪いですよね」

ジョシュアは、悲しそうな声で視線を落とした。

予想外の反応に驚く。しかし、ジョシュアが気にしている瞳を隠せたらという思いで作った眼帯だが、捉《とら》え方によってはその瞳を隠せという意味になってしまうことに気が付いた。そこまで配慮《はいりよ》が至らなかった自分に後悔《こうかい》を覚えながら、すぐさま首を横に振《ふ》った。

「気持ちが悪いなど一度も思ったことはないわ。ジョシュアの瞳はとても綺麗《きれい》だもの！」

ジョシュアの瞳を嫌《きら》ってなどいない、それを伝えるために私は力強くハッキリとした声で伝えた。

「ジョシュア、貴方の瞳は唯一無二《ゆいいつむに》よ！　世界のどこを探しても存在しない宝石だわ!!」

好意的な言葉が返ってくるとは思わなかったようで、ジョシュアは目を丸くさせていた。

「私はジョシュアの瞳が好きだし、隠せだなんて思わない。だけど、ジョシュアが隠したいのなら、私はその意思を尊重するべきだと思うの」

「僕の……意思？」

（僕!?　ゲームでは俺だったけど、幼少期は僕なんだ……!!）

集中しないといけないのはわかっている。ただ、あまりにも衝撃的《しょうげき》過ぎる一人称《いちにんしょう》に反応せずにはいられなかった。けれどもなんとか顔に出さずにジョシュアを見つめ続けた。

こちらを窺うように問いかけるジョシュアに、私はゆっくりと頷《うなず》いた。眼帯を身につけるか否《いな》かはジョシュアが自由に決めて良いのだ。その想《おも》いが届くことを願っていると、彼は慣れない手つきで装着し始めた。

「こ、こうですか？」

初めて身につける眼帯に戸惑《とまど》うジョシュア。私の手作りというだけあって、当て布と紐《ひも》で作った簡易な作りになっている。ただ、ジョシュアが自ら頭の後ろで紐を結ぶのは難しそうな様子だった。おずおずと手を挙げながら申し出る。

「私が手伝っても良い？」

ピタリと手を止めたジョシュアは、少しだけ考えた後に小さく頷いた。

「………………お願いします」

その返事を受け取ると、早速《さっそく》ジョシュアの背後に移動した。そっと紐を手にすると、きつくなり過ぎないように結ぶ。その最中に、一人で反省をしていた。

(今度は一人でつけられるように、耳にかけられるような形にしてみよう)

もちろん、ジョシュアが眼帯を気に入ってくれればの話だけど。

「できた。鏡で見てみて」

「ありがとうございます」

私は持ってきた手鏡を渡《わた》すと、ジョシュアの反応を待った。じっと鏡の中の自分を見始めたジョシュアは、少し経《た》つとわずかに笑みをこぼした。

「……凄《すご》くいいです。こんなに素敵《すてき》なもの、ありがとうございます」

「喜んでもらえたようで良かった」

(やった!! 気に入ってもらえたみたい!)

喜びで胸が膨《ふく》らむ中、ジョシュアはそっと眼帯に触《ふ》れていた。

この出来事をきっかけに、私はジョシュアと段々親しくなることができた。感じていた壁《かべ》は少しずつなくなり、ジョシュアから話しかけてくれることも増えた。何より嬉《うれ》しかったのは、ジョシュアが私の部屋を訪れるほど気を許してくれたことだった。しかし、使用人と会話がほとんどないのは変わらず、心を開くのに時間がかかるのだと思いそっと見守ることにした。


それから一年が経った頃《ころ》、お母様を止めるのにどうすべきか再び自室で作戦を練っていた。もちろんこの一年間、何もしなかったわけではない。しっかりとお母様に関して調査を進めていた。その結果、両親が政略結婚《けっこん》だと判明した。

貴族であればよくある結婚の仕方ではあるが、お母様の愛はとにかく異常だった。お母様がお父様の書斎《しょさい》を毎日欠かさず訪問する姿は目にしたが、二人の仲が良さそうな雰囲気《ふんいき》はなく、楽しそうに話している姿は一度も目にしなかった。お母様からお父様との時間を作っているようにしか見えず、それはまるで一方的な愛の矢印に感じてしまった。

（執事《しつじ》長や侍女《じじょ》にそれとなく話を聞いてみたら、お父様がお母様と結婚記念日を一緒《いっしょ》に過ごしたことはないって言ってたのよね……そうだとしたら、お母様は長い間悲しい思いをしてきたんじゃないかしら）

十二年間、お母様がお父様を待ち続けていたのだとしたら、次の結婚記念日に再びお父様が来ないことが引き金となって、積み重なった悲しみが爆発《ばくはつ》してしまい、一家心中に発展してもおかしくはない。

結婚記念日を祝おうと準備しているのに、来ないお父様もお父様だが、お母様にも何か問題があると考えるのが普通《ふつう》だろう。そんな人には近付かないのが吉《きち》かもしれないが、意外にもお母様は私に優しく接してくれた。それは異常ではなく、至って普通のものだった。イヴちゃん、と呼んでくれるのが証拠《しょうこ》の一つだ。

そんなお母様が悲しみのあまり心中をしてしまうのではないかという不安と、シナリオ通りに進む懸念《けねん》もあったので、私は結婚記念日を潰《つぶ》せないか企《たくら》んだりもした。けれども、お母様を説得することはできなかった。

（お母様は今度こそお父様が来てくれると信じて疑わないのよね……）

一体その自信はどこからくるのだろうかと疑問になるほど、お母様は揺《ゆ》るがなかった。

こうして、もう一度作戦を練り直すことになった。

ゲームの知識では、お母様が心中を図《はか》るのは今年の結婚記念日。

（一度火を放つのを止めたとしても、また別の日に起こるかもしれない。……お母様の気持ちという根本的な問題を解決しない限りは、バッドエンドは常に付きまとうでしょうね）

最適解を探しながら、私は頭を悩《なや》ませた。

「お母様の気持ちを変える……簡単にできたら苦労しないわよね」

「そうだね、お母様はとにかくお父様命だから」

「……！」

バッと振り向けば、そこには可愛らしい微笑《ほほえ》みを浮《う》かべる天使がいた。

「ジョシュア！」

「また面白《おもしろ》いこと考えてるの？　姉様」

「どちらかというと真剣《しんけん》な話ね……」

出会った頃は敬語で一線を引かれているような距離《きょり》だったが、今では義姉弟《きょうだい》らしい軽い口調になっていた。

（やっぱりため口で話しかけてくれるのは嬉しい……！）

ジュエラブのジョシュア様は基本的に敬語で、壁がなくなるとため口になるので、これは心を許してもらえた証拠だった。義姉弟として仲を深められたことを改めて実感する。

私が一人喜びを感じているうちに、ジョシュアは椅子《いす》を持ってきて私の隣《となり》に座った。

「姉様が悩んでいるなんて珍《めずら》しいね。僕には後先構わずに接していたのに」

「それは……ほら、義姉弟になれたのが嬉しかったから」

「ふーん」

それは貴方《あなた》に不幸な道を進んで欲しくなくて、とは言えず、なんとか濁《にご》した。

「……僕は姉様ほどお母様のことはわからないけど」

「？」

「姉様らしくぶつかってみればいいんじゃないかな。僕にしてくれたみたいに」

私がジョシュアにしたことといえば、眼帯や刺繍《ししゅう》入りのハンカチの贈《おく》り物をしたり、ひたすら会いに行ったりしていただけだ。あくまでも親しくなることを目的としており、お母様の闇落《やみお》ちを防ぐとなれば話が変わってくる。

（思えば色々したなぁ。ジョシュアを前にすると、どうしてもジョシュア様を思い出しちゃって、前世にしていた推《お》し活をしていたのよね。ジョシュア様モチーフのアクセサリーを作ったり、小さなぬいぐるみを作ったり——うん？　推し活？）

その瞬間《しゅんかん》、きらりと何かがひらめいた。

「何か思いついた？」

「うん……だけど、あまりにも馬鹿《ばか》げていて」

「でもお母様相手ならその方がいいんじゃないかな。ほら、目には目をって言うでしょ」

「変わっている人には変わった案を……って、こら！　お母様になんてことを」

「そこまで言ってないけど」

綺麗《きれい》な自爆《じばく》である。

「……さっ。作戦を考えないとね」

自爆をなかったかのように誤魔化《ごまか》しながら、ノートに案を書き起こしていった。

（ジョシュアの成長を見守るためにも、なんとしてでもバッドエンドは回避《かいひ》しないと!!）

お父様には異常な愛を見せるが、私には至って普通の母。それ故《ゆえ》に、お母様は私の話をよく聞いてくれる。今回の作戦は、それを利用した大きな賭《か》けだった。

思い立ったら即《そく》行動と、お母様を見つけては推し活について説明しようとした。しかし結婚記念日の手前であったため、お母様は心ここにあらずという感じで、じっくりと話すことができなかった上に、話す機会を設けるのも難しかった。

（まさかここまで捕《つか》まえられないなんて……！）

お母様は、なぜか今回の結婚記念日は成功すると踏《ふ》んでいるようで、いつも以上に準備に時間と手間をかけていた。新しいドレスを購入《こうにゅう》したり、お父様へのプレゼントを用意したりしていた。それに加えてご友人主催《しゅさい》のお茶会に参加していたので、まとまった時間を取ることができなかったのだ。

(頑張《がんば》って準備している姿を見たら、どう切り出していいかわからなくなっちゃった……)

結局私は、結婚記念日当日まで作戦を実行することができなかった。


そして場面は結婚記念日に戻《もど》る。

私はようやくお母様と目を合わせて話をすることができていた。

「ということでお母様。推してみましょう」

「ま、待ってイヴちゃん。本当にどうしてしまったの?」

「お母様。私はお母様に新しい恋愛《れんあい》の形を提案しにきたんです」

「新しい、恋愛の、形……」

(まずい。地雷《じらい》を踏んだかもしれない)

その瞬間、お母様の瞳《ひとみ》は虚《うつ》ろなものに戻ってしまった。

恐怖《きょうふ》を感じるほど光のない瞳に、言葉が詰《つ》まってしまう。すると、お母様は諦《あきら》めた眼差《まなざ》しを私に向けた。

「……イヴちゃん。私はもういいの。全《すべ》て試して駄目《だめ》だったのよ? それなら残された死という道を選ぶべきでしょう」

お母様が発した台詞《せりふ》は、〝九歳の時に引き取られた家では、翌年夫人が結婚記念日に心中をしてしまう〟というゲームシナリオが進行していることを決定づけるものだった。

（お母様。貴女《あなた》は絶望して、もう死んでしまいたいと思っているのかもしれません。でもごめんなさい。私は生きたいんです。それに……お母様に死んでほしくない）

この一年間、死を回避するために色々なことを考えていた。私の死因は、お母様が死のうと火をつけたことに〝巻き込まれた〟ことだ。つまり生き延びる方法として、巻き込まれないように逃《に》げる道もあった。お母様を見張って、火をつけるのを止める手段もあった。けれどもその方法だと、お母様は救われない。永遠に闇を抱《かか》えたまま生きることになる。自分だけ逃げても、お母様から火事を防いでも駄目なのだ。お母様の〝死にたい〟という気持ちをなくして、闇落ちから救わなくては意味がない。

（だからお母様。私は引くわけにはいかないんです）

ぎゅっと手に力を入れると、勇気を振《ふ》り絞《しぼ》りながらお母様の瞳をじっと見つめた。

「お母様、残念ながら全てではありませんよ。まだ推してないですから」

「だから押して……これ以上ない強引《ごういん》なやり方も試してみたのよ」

困惑《こんわく》しながらも反論をするお母様に、首をふるふると横に振った。

「お母様、その押すではありません」

「おしかつのおし、でしょう？　……なんだかわからないけど」

「そうです！　推し活の推しです!!」

　私のあまりにも大きな声にビクッとなる母。

「こんな言い方はあれですが……どうせ死んでしまうのなら、最後に新しい方法を試してみませんか？　死を選ぶのは、試した後でも遅《おそ》くないはずです」

「……そう、かしら」

「そうです!!」

　普通《ふつう》なら聞いたこともない変わった提案、受けようとも思わない。しかし、切羽詰《せっぱつ》まっている状況《じょうきょう》のお母様だからこそ、この案が通ると思ったのだ。

　迷う母に、さらに一押しするように言葉をかけた。

「最後にお父様をもう一度だけ、愛してみませんか？」

「！」

　母が今までしてきた行動の理由は一つに帰着する。それは父ユーグリットを愛しているから。娘《むすめ》ながらにその行動は理解しようと努力した。お母様が何を想《おも》っているのか酌《く》み取った結果、私なりの〝推し活〟という提案にたどり着いた。

「イヴちゃん……」

　今にも消えそうな声で呼ばれると、私はお母様の瞳から目を逸《そ》らさずゆっくりと頷《うなず》いた。

「……そうね、最後にもう一度だけなら」

「やった！」

「……ふふっ」

思わず喜んでしまったが、お母様の目には子どもらしい姿として映ったことだろう。了承《りょうしょう》を得ると、私は最初の関門を突破《とっぱ》したのだった。

「それでは私の部屋に移動しましょう！　お母様に伝えたいことがたくさんあるんです」

「えぇ、行きましょう」

お母様と一緒《いっしょ》に食堂を出ると、私が先導する形で私の部屋に向かった。入室すると、そこには移動式の黒板が置いてある。黒板には私が推しと推し活について書いておいた。

「黒板……？」

まさか娘の部屋に黒板があるとは思わなかったのか、お母様はキョトンとした表情をしていた。私は椅子《いす》を移動させてそこに乗り、黒板に手が届くようにする。お母様の方を向いたところで、最初の授業を始めた。

「こほん。いいですかお母様。今日からお母様にとってお父様は推し、としましょう」

「おし……イヴちゃん。おしって何かしら」

この説明はどうすべきかずっと悩《なや》んできた。だが、ありのままを伝えるのではなく、お母様の興味を引く要素を詰め込んだ内容にしようと、試行錯誤《さくご》した結果を黒板に書く。

「推しとは、応援《おうえん》するべき唯一《ゆいいつ》の対象のことです!!」

「応援……応援?」

「はい。応援です。言い方を変えるとですね、尽《つ》くしたい相手のことを言います」

「尽くしたい相手」

気に入らないと言われないように、今までの傾向《けいこう》から導き出されたお母様の性質に合うよう言葉を選んでいく。

「無粋《ぶすい》なことをお聞きしますが、お母様はお父様のことを愛しておられますか?」

「もちろんよ」

「では、何かお父様の役に立ちたいと思うことは?」

「あるわ」

「お父様のことだけを考えて、お父様のことだけを見ることは?」

「ユーグリット様しか見てこなかったわ……」

私はそこで酷《ひど》く驚《おどろ》いた反応をした。

「お母様……なんということでしょうか。もう既《すで》に推《お》してらっしゃるではありませんか」

「そ、そうなの?」

「そうですとも!　素晴《すば》らしいですよ!」

「そう、なのね……ふふっ」

（あ、やっぱり）

少し持ち上げればすぐに喜ぶ。

そう。お母様は驚くほどにチョロいのだ。それは娘の私が心配になるくらい。

（お母様は日本で暮らしていたらすぐ詐欺《さぎ》に遭《あ》うわ）

騙《だま》される姿が容易に想像できたが、今はそれを利用させてもらった。

「もったいないです。お母様ならその道を極《きわ》められます」

「極められる」

「先程《さきほど》推し、という言葉を覚えましたね？」

「えぇ」

「推しのために活動することを、推し活といいます。これ凄《すご》く重要なので覚えておいてください」

「推し活」

しっかりとした復唱は、やる気の表れのように感じた。

私はこの反応を絶対逃《のが》さないように、黒板に書かれた〝推し活〟の文字を指した。

「この推し活という名の新しい愛の形、私と一緒に極めませんか？」

「新しい愛の形……」

もしかしたら熱弁が足りないのかもしれない。そんな不安を抱《いだ》きながらお母様に問いかけると、少しの間考え込んでしまった。

(もっと魅力《みりょく》を伝えるべきかな)

じっとお母様の様子を窺《うかが》っていると、ゆっくりと顔を上げた。

「それを極めたら……ユーグリット様は振り向いてくださるかしら?」

「!!」

その一言に、今度は私が驚く番だった。

(どんなに無視されても、蔑《ないがし》ろにされても……お母様はお父様が本当に好きなのね)

お母様の苦しそうな想いを、私はしっかりと受け止めた。そして、覚悟《かくご》を決めて頷いた。

「……推されることは相手にとって非常に嬉《うれ》しいことであり、力になります。だからこそ新しいアプローチになるかと」

正直、推し活によってお父様が振り向く保証はない。だから断言せずに、事実だけを伝えた。しかしお母様が望んでいた答えではなかったようで、複雑そうな表情になった。

(……ここで諦《あきら》めたら、お母様が闇落《やみお》ちしてしまう)

お母様の興味を引けるように出し惜《お》しみせずに、経験談を語ることにした。

「お母様。私には推しがいます。……その相手はジョシュアになります」

「シュアちゃんが」

興味を持ってもらえたのか、わずかにお母様の表情が明るくなったような気がした。

ジョシュア、といっても私が推しているのは前世でプレイしたジュエラブのジョシュア様だ。〃ジョシュア〃という名前からお母様は必ず義弟《おとうと》の方を思い浮《う》かべるだろう。本当ならこの違《ちが》いを事細かに伝えたいところだが、ややこしくしてしまうので呑《の》み込んだ。

「はい」

「イヴちゃんはシュアちゃんに推し活しているのね……どんなことをしているのかしら」

その呟《つぶや》きを私は聞き逃さなかった。

「よくぞ聞いてくださいました!!」

「えっ」

私は椅子から下りると、お母様に嬉々《きき》として近付いた。

「推し活は多種多様で、本当に色々なことができるんです！　例えば推しを想いながらぬいぐるみやストラップを作ったり、ハンカチに刺繍《ししゅう》を入れたりと、何かを作ることもその一つです。いわゆるオリジナルグッズ作りですね！　他《ほか》には推し色に染まることもおすすめです！　ジョシュア様の色は青なので、青色のアクセサリーを身につけた日は気分が凄《すご》く上がります！　あとは――」

「ま、待ってイヴちゃん!!」

お母様が両手を前に出して私を制した。その瞬間《しゅんかん》、私はピタリと止まった。

（しまった、熱くなり過ぎた。つい前世でした推し活を語り過ぎちゃった）

お母様の声で我《われ》に返ると、自分が高速詠唱《えいしょう》のように語っていることに気が付いた。

「話を止めてごめんなさい、イヴちゃん」

「謝るのは私の方ですお母様！　すみません、ほとんど何言っているかわかりませんでしたよね……」

せっかくお母様が興味を持ってくれたのに、自分で機会を潰《つぶ》してしまったことに落胆《らくたん》する。しょんぼりと肩《かた》を落としていると、お母様は優《やさ》しく否定した。

「そんなことないわイヴちゃん！　えぇと、推し活は何かを作るのよね？　後は、青色のアクセサリーを身につけるのもわかったわ」

「ありがとうございます。でもアクセサリーはちょっと違います」

落ち込む私を慰《なぐさ》めようと、お母様が一生懸命《いっしょうけんめい》フォローしてくれた。それでも貴重な機会を失ったことに変わりはなかったので、どう立て直そうか必死に考え出した。

「何より、イヴちゃんの話しぶりから、推し活が楽しいことなのは凄く伝わってきたわ。……私も推し活、してみようかしら」

「えっ」

まさか失態をおかした後に求めていた答えが聞けるとは思いもしなかったので、間の抜《ぬ》けた声が漏《も》れてしまう。もしかしたら気まぐれな一言かもしれないと思ったが、意を決したような表情は、冗談《じょうだん》を言っているようには思えなかった。

「お、お母様。推し活がなんだかわかりましたか？」

「推しのために尽くして、応援するのよね」

「そう、です」

　その回答で間違ってはいない。自分が雑な説明をしてしまったから、お母様に上手《うま》く伝わっているか自信がなかった。私は伝え忘れていることはないかと思考をめぐらせる。

「一ついいですか？　私がジョシュア（様）にする推し活と、お母様がお父様にする推し活の想《おも》いは少し違うということをお伝えしたいです」

「そうなの？」

「はい。私は純粋《じゅんすい》に応援《おうえん》をしたい、何か力になりたいという気持ちですので、振《ふ》り向かせるという考えはありません。ただ、やり方次第《しだい》では振り向かせられる可能性もあります」

　誤解を生まないように丁寧《ていねい》に説明を続けた。

「推し活の方法や目的は人それぞれですが、一つの共通点があると踏《ふ》んでいます」

　今度はしっかりと伝わるように、早口にならないように気を付けた。

「それは推しを幸せにしたい、という想いです。私はジョシュアの幸せを心から願っているので。お母様もきっとそこは同じなのではないでしょうか？」

　この言葉に嘘《うそ》はない。私は前世で推し活をしている時、常にジョシュア様の幸せを想っていた。そして推し活に関係なく、今は義姉《あね》としてジョシュアを幸せにしてあげたいと強く思っている。揺《ゆ》るぎない眼差《まなざ》しを向ければ、お母様はこくりと頷《うなず》いた。

「えぇ。私もユーグリット様の幸せを願っているわ」

わかりきった答えだったが、お母様の想いが変わらないことが確認《かくにん》できた。そしてお母様は私の方に身を乗り出した。

「私、ユーグリット様を応援したいし、幸せにしたいわ。それに、もしできるのなら振り向かせたい。だからイヴちゃん。私に推《お》し活を教えてくれない？」

声こそ柔《やわ》らかく穏《おだ》やかなものだったが、向けられた視線は真剣《しんけん》そのものだった。嘘でも偽《いつわ》りでも冗談でもない、本気でそう言っているのだとわかると、私は胸の中がじんわりと温かくなっていった。

「もちろんです！　しましょう、推し活‼」

お母様の言葉が嬉しくて、私は満面の笑《え》みを浮かべて頷いた。

(良かった。私の声が届いた……！)

こうして私とお母様による、「推す」という愛の形を身につける旅が始まったのであった。

第二章　私とお母様の推しごと

翌朝のこと。

私は起きてすぐに自分の頬《ほお》をつねり、痛みを感じたところで鏡の前に立った。

「生きてる……！」

ジュエラブのシナリオでは昨日死ぬはずだったこの命。それが今日も目を覚まして、いつも通り朝を迎《むか》えることができた。それが嬉しくて笑みがこぼれる。

部屋に置かれた黒板を見ると、そこには〝ひとまず成功！〟と書かれていた。昨日お母様が部屋に戻《もど》った後、嬉しさのあまり書き残したのだ。

「よかった！　夢じゃなかった！」

安心するように息を吐《は》いたところで、部屋がノックされた。

「お嬢様《じょうさま》、お目覚めですか？」

声の主が侍女《じじょ》だとわかったので、急いで黒板を部屋の端《はし》に片付けて応答した。変わったことをお母様に教えている自覚があったので、恥《は》ずかしさから反射的に隠《かく》してしまった。

「……入って大丈夫《だいじょうぶ》よ！」

迎え入れて朝の支度《したく》を済ませると、侍女は退室した。朝食後、私は一度自室に黒板を取りに戻ると、足早にお母様の部屋へと向かった。ノックをして部屋に入ると、そこには綺麗《きれい》なドレスを身にまとうお母様が立っていた。

「イヴちゃん、おはよう」

昨日の悲愴感《ひそうかん》あふれる様子は消え去り、いつも通り明るい雰囲気《ふんいき》で準備をしていた。

「……お母様。どちらに向かわれるおつもりですか？」

「えっ。それはユーグリット様の――」

「いけません！」

「そ、そんな」

日課である、お父様の書斎《しょさい》へ行くということがわかった瞬間にその行動を止める。急いで黒板を部屋の中に入れたが、お母様はショックを受けた様子で少し落ち込んでいた。

「昨日は〝推し〟という言葉についてお話ししましたね？」

「えぇ。尽《つ》くしたい相手と」

「はい。推し活の説明に夢中で、それ以前のお話をするのを忘れていました」

「それ以前のお話？」

椅子《いす》を持ってきて乗ると、急いで黒板に文字を書いていく。

「私達と、推しという存在の関係についてです」

「関係……ユーグリット様とは夫婦《ふうふ》よ？」

「確かに夫婦です。ですが推しとなった今、その関係はないと思ってください」

「そ、そんな」

「これも新しい愛の形ですから」

「新しい……」

説得力のある話ではないと自覚があったため、ありとあらゆる方向から話をしてみる。

「お母様。お父様をご覧になって、神々《こうごう》しいと思ったことはありませんか？」

「あるわ」

「その神々しさは、他《ほか》の誰《だれ》にも負けないと思ったことは」

「当然よ。ユーグリット様より輝《かがや》く方なんてこの世にいないわ」

よしきた！　そう思いながら話を繋《つな》げた。

「ということは……！　お父様は神に等しき存在では？　それぐらい尊き存在ですよね」

「……そうかもしれないわ」

「では……もはやお父様は、神様と言っても過言ではないのでは……？」

ゆっくりと間を活用しながらお母様に尋《たず》ねた。

「イヴちゃん」

「はい」

「そうかもしれないわ……！」

（お母様、少しは疑いましょう……!!）

娘可愛《むすめかわい》さに話を受け入れてくれるのかもしれないが、自分でもかなり無茶苦茶《むちゃくちゃ》なことを言っているつもりだ。前世では、推しは神様だと言っても様々な解釈《かいしゃく》ができるので問題なかった。しかし転生したこの世界には創造神が存在する。

（聖女が出てくるようなゲームではなかったし、我が家が創造神を信仰《しんこう》しているわけでもないから……すんなり受け入れられるのかな）

それなら前世と同じ意味として、推しは神様と扱《あつか》おうと決めた。その方がお母様には説明しやすいと判断すると、黒板に大きく文字を書いていく。

「お母様。これから推し活をするにあたって、これは鉄則になります」

「鉄則……！」

シャキッと背筋を伸《の》ばすと、お母様は黒板に注目した。

「推しは神様、迷惑《めいわく》は厳禁です!!」

「！」

私の圧のある声にお母様は驚《おどろ》きながらも、目は真っすぐこちらを捉《とら》えていた。そして、少し考えるように下を向く。私はなんとしてでもお父様がいる書斎への突撃《とつげき》訪問を阻止《そし》したかったので、噛《か》み砕《くだ》いて伝えることにした。

「なぜ迷惑をかけてはいけないのか。もう少し詳《くわ》しく話すと、推し活とは相手を幸せにしたいと願うことや、応援することですが、何をしても良いというわけではありません」

困惑《こんわく》しながらも、こちらに注目してくれるお母様。私は張り切って説明し始めた。

「推し活は、私やお母様があれをしたい、これをしたいと考えるだけでは駄目《だめ》です。常に、推しであるジョシュアやお父様はどう感じるのかを考えなくてはいけません」

「ユーグリット様のこと……考えているわよ？」

首を傾《かし》げるお母様に、私はもっと嚙み砕くことにした。

「相手を想《おも》うとはまた違《ちが》う意味になります。相手の立場になって、自分の行動を考えてみてください。例えばですが、朝突然お母様が書斎に来訪されると、お仕事の邪魔《じゃま》になってしまう可能性があるのではないでしょうか」

「!!　確かにそうだわ。私が書斎に行く度《たび》、ユーグリット様は手を止めていたわ」

目を大きく見開いたかと思えば、段々と落ち込むように声のトーンが低くなっていった。

「イヴちゃんの言う通りね。……そうよ。ご迷惑になってしまうじゃない。どうしてわからなかったのかしら……」

消え入りそうな声と苦しそうな顔は、自分の失態を悔《く》やんでいる様子だった。

恋《こい》に夢中になっていたお母様からすれば、そんな単純なことでもなかなか気が付くことができなかったのだろう。

「気が付けたのは、大きな進歩です。今後に活《い》かせば何も問題ありませんよ」

「イヴちゃん……」

落ち込んでいるお母様の慰《なぐさ》めになるかはわからないが、いくらでもやり直せることを知ってほしいと思いながら伝え続けた。

「お母様。自分ではなく、推《お》しの視点を第一優先です。これも鉄則かと」

「推しの視点を第一優先」

「はい。応援《おうえん》する手前、迷惑をかけてしまっては元も子もありません。相手を想うだけでなく思いやる気持ちも大切ではないかと思います」

助言を込めた説明をすれば、お母様は改めて決意したように私を見つめた。

「なるほど。イヴちゃんの言う通り、確かに新しい愛の形ね。……私、頑張《がんば》ってみたいわ！」

「はいっ、一緒《いっしょ》に頑張りましょう！」

お母様からは、挑戦《ちょうせん》したいという強い意志を感じ取った。その想いに応《こた》えようと動き始める。

「それではお母様、早速《さっそく》推し活を――」

「ごめんなさい、イヴちゃん。実はこの後予定が入っていて。新しいドレスを選ぶの」

「新しい、ドレス……？」

「えぇ。そうだイヴちゃん！　イヴちゃんもこの後、一緒にドレスを新調しない？」

「……新調、ですか？」

「そうよ！　一時間後くらいにいつも利用している洋装店の人がドレスを見せに来るの」

（……それはまずい）

私が即答《そくとう》せずに沈黙《ちんもく》してしまったのは、ここに頭を抱《かか》える理由があったから。

なぜかわからないが、お母様はとにかく浪費《ろうひ》が酷《ひど》いのだ。その一つが、ドレスの購入《こうにゅう》だと耳にしたことがある。実際、お母様が同じドレスを着ているところは見たことがない。

（一週間前も新調したばかりじゃなかった……？）

そういえばお母様がドレスを新調するところに立ち会ったことはない。良い観察の機会だと思い、私は同席することにした。

「是非《ぜひ》。ご一緒したいです」

「もちろんよ」

取り敢《あ》えず日課の書斎訪問をやめさせて、推しという概念《がいねん》を教えることができた。本来ならこれに喜ぶはずだったのに、私に新たなミッションが課されてしまった。

（どうにか浪費を阻止しなくちゃ……！）

自室に戻《もど》ると来客用のドレスに着替《きが》えた。洋装店の人が到着すると応接室に向かった。

「……お母様、これは？」

「イヴちゃん！　見て、どれも素敵《すてき》だと思わない？」

「ルイス夫人、そちらもお似合いにございます！」

「ふふっ、ありがとう」

部屋の中には大量に並べられたドレスと、それをお母様に勧《すす》める女性がいた。やり取りを少し黙《だま》って見ていた結果わかったことがある。

(浪費の原因、この人か!!)

それは女性の店員がなんでもかんでもお母様にドレスの押し売りをしていたのだ。

「ルイス夫人！　そちらもまぁよくお似合いです！」

「そうかしら！」

二人のやり取りと、並んでいる大量のドレスを見て違和感《いわかん》を抱《いだ》いた。

(あれ？　この世界では上流階級はデザイナーを呼んで一から作らせるんじゃないの？)

乙女《おとめ》ゲーム『ジュエラブ』に出てくる上位貴族の令嬢《れいじょう》達は、既製品《きせいひん》は着ずに要望をデザイナーに伝えて注文するやり方だったのだ。だからこそ、お母様が洋装店の店員から既《すで》に作られているドレスを紹介《しょうかい》されているのには違和感があった。

(考え過ぎかな。事前に注文したから、今日持ってきたのかもしれないし)

それにしても部屋の中にあるドレスの量が多すぎて、とても仕立てたものとは思えなかった。

「ルイス夫人。こちらの薄《うす》い青色のドレスなどいかがでしょうか？」

「まぁ素敵。着てみても良いかしら」

「もちろんです！」

店員はかなり口上手で、ドレスが売れるようにお母様を誘導《ゆうどう》していた。

(似合うと言われたら買いたくなるのもわかるけど……このままじゃ駄目ね)

お母様が乗せられやすいことが裏目に出ていると理解したので、解決方法を探そうと思考を加速させる。お母様が全《すべ》てのドレスを購入してしまうのは見過ごせない。今のままでは、お母様は浪費の酷い女性のままだ。お母様とした〝お父様を振《ふ》り向かせる〟という約束を遂行《すいこう》するためには、お母様を根本から変えなくてはならないのだ。

(……うん。取り敢えず、この店員《ひと》を追い出そう)

最善策を見つけると、私はお母様に子どもらしく話しかけた。

「とても素敵な青いドレスですね、お母様！」

「ありがとう、イヴちゃん」

「私もお母様のような素敵なドレスが着たいです」

照れ臭《くさ》そうに言ってみれば、お母様の耳にしっかりと届いた。

「もちろんよ！　ねぇ、貴女《あなた》。娘に合うドレスを持ってきてもらえるかしら？」

「も、もちろんです、夫人!!　少し時間がかかりますが、お待ちくださいっ!!」

「よろしく頼《たの》むわ」

光の速さで店員は部屋を後にした。娘にもドレスを売り付ければ儲《もう》かると思ったのだろう。一度お店に戻るようだった。店員がいなくなってもまだ、お母様は新しいドレスを眺《なが》めていた。そのドレスとお母様の間を遮《さえぎ》るように、私はお母様の目の前に移動した。

「イヴちゃん……？」

「お母様。とても素晴《すば》らしいドレスばかりですね」

「そうでしょう？」

「はい。ですが、失礼ながら先週もご購入されていましたよね？」

「え？　……そうね」

それがどうした、という顔で答えるお母様に私は純粋《じゅんすい》な疑問を投げかけた。

「その購入されたドレス、全てに袖《そで》は通されましたか？」

「えぇと……半分くらい、かしら？」

「何度ほどでしょう」

「全て一度だけど——」

「なんってもったいない!!」

お母様の言葉を遮りながら、私は熱意を込めた声で反応した。

「も、もったいない……？」

「そうです！　いいですか、お母様。今お母様はご自分に大量のお金をかけていらっしゃいますね？」

「もちろんよ。自分を磨《みが》くことは大切だもの」

「それだけではいけません！」

「えっ」

「推し活とは、推しに貢《みつ》ぐことを言うのです!!」

「み、貢ぐ……？」

ポカンとするお母様を置いて、私は念のためにと隣室《りんしつ》に持ってきていた黒板を応接室の中に運び込む。踏《ふ》み台用の椅子《いす》に手を伸《の》ばせば、今度はお母様が手伝ってくれた。

「ありがとうございます」

「推し活についてのお話よね」

「その通りです」

黒板を前にお母様も察したようで、自分用の椅子もすぐに持ってきて私と対面するように座った。私は改めて、お母様に貢ぐことに関して語り始めた。

「貢ぐとは言葉通り、推しにお金を使うことです」

「ユーグリット様に、お金を……」

「はい。確かに自分磨きは大切です。ですがお母様の場合、それは十分というほど行いました。これ以上は必要ないかと」

「そうなのかしら……？」

「そもそもお母様は自分磨きが不必要なくらい、お美しいですから」

「や、やだイヴちゃん」

これはお世辞などではない。母オフィーリアの美貌《びぼう》は確かなもので、黙って大人しくしていれば儚《はかな》く女神《めがみ》のように麗《うるわ》しい。簡単に言えば美女である。父ユーグリットも美形で、二人揃《そろ》って並ぶと美男美女と迫力《はくりょく》が凄《すご》い。そんな両親を持ったイヴェットも、ありがたいことに非常に可愛《かわい》らしい顔立ちをしているのだ。

「ですので。これからは貢ぐ方に集中しましょう」

「……それはどうすればいいの？」

お母様の問いに私は心を鬼《おに》にした。

「まず一つ目。ドレスを買うのを止《や》めてください」

「えっ！」

「お母様が使えるお金は限られています。そのお金をドレスに使ってはいけません」

かなり圧をかけながら伝える。といってもこの体はまだ幼いので、お母様に圧はあまり届いてはいないと思うが、できる限り真剣《しんけん》な声色《こわいろ》と表情で話を進める。

「まだ着てないものもあるんですよね？　それを全て着終えた上で、何回か使ってから新調しましょう」

店員とのやり取りから、毎回大量に購入《こうにゅう》しているのは明らかだった。お母様の様子を見る限り、購入したのに着ていない、ドレスルームで眠《ねむ》っているドレスがたくさんありそうなのだ。当分は購入しなくて良いだろう。

「そ、そんなっ」

「それよりも貢ぐ方が大切ですから。ドレスを買うということは、推《お》しに貢ぐべきお金が消えることになります」

「それは駄目《だめ》よ！」

「では、当分は購入なしでいきましょう」

「……わかったわ」

しぶしぶと頷《うなず》くお母様に、貢ぐことの意味を語り始めた。

「お母様。どうすれば推しのためにお金を使うことができると思いますか？」

「え……？　そうね」

お母様は視線を少し下に向けて考え始めた。こうして尋《たず》ねて「わからない！」と思考を放棄《ほうき》せずに、しっかりと考えるところは素晴らしいと思う。

「……わかったわ、イヴちゃん！」

「何でしょうか」

「ユーグリット様に、たくさん贈《おく》り物をするということね！」

満面の笑《え》みでこちらを見ながら答える姿に、私は微笑《びしょう》して固まってしまった。目線はお母様に向いておらず、遠い目をしていたと思う。

（……そうね。お母様はこういう方でもあるわ）

ずっとお母様のことを調査はしていたが、やはり話すことでわかることの方が多い。

気を取り直して、私は胸の前で大きくバツを作った。

「違《ちが》います。それに、贈り物は以前行って失敗したのでは？」

「うっ」

お父様の生誕祭といえば、お母様が大量の贈り物をすることが恒例《こうれい》行事と化していた。いくら誕生日とはいえ、部屋を埋《う》め尽《つ》くすほどの贈り物はいい迷惑《めいわく》と言える。

お母様の反応を見るに図星のようだったので、私が考える正しい感覚を伝え始めた。

「私は、贈り物をするのではなく、陰《かげ》ながら役立つためにお金を動かすことこそ、お父様のためになるものだと思います」

「それは、つまり？」

「つまり、領地のしかるべきところに寄付すべきだということですね」

「寄付……」

「お父様の領地経営は素晴らしいものだと何度も耳にしますが、一人で全て行うのには限界があると思います。そこでお母様が資金の足りていない設備や施設《しせつ》、災害の起こった地域に寄付をすれば、ルイス侯爵《こうしやく》領自体に活気があふれ、より侯爵領を繁栄《はんえい》させられるかと。これは間接的にお父様を助けることになります」

結婚《けっこん》した貴族夫人は、夫に毎月自由にできるお金をもらうのだが、その中から寄付をする夫人もいる。お母様も同様にお父様から毎月もらっているようだけど残念なことに、寄付は行ってこなかった。

(細かいことを言うと、推しに貢ぐというのは自分で稼《かせ》いだお金を使うから意味があるものなのだけど……さすがにお母様に働きましょうという提案はできないわ)

私の前世でいう〝推しに貢ぐ〟とは感覚が違ってしまうのだが、これはもう対お母様用のアレンジだ。私は黒板に書いた字を指して伝えた。

「これぞ貢ぐ、です」

「確かに……その方がユーグリット様のためになるわね」

正直、お母様はもう十分すぎるほど自分にお金を使ってきた。だからこそ、今度は推しのためにお金を使ってほしいというのが私の本音だった。そうすることで、浪費《ろうひ》を抑《おさ》えられる上に、推し活に繋《つな》がると考えた。

答えを出すまでは悩《なや》むだろうと思っていたが、意外にもお母様が結論を出すのに時間はかからなかった。

「イヴちゃん！　私、寄付してみるわ!!」

「やってみましょう！」

勢いよく決断してくれたお母様に、私は大きく頷いた。

こうして、ドレスへの無駄な浪費をなんとか止めることができたところで、私は気になっていたことを尋ねた。

「お母様はいつも同じ洋装店でドレスを購入しているんですか？」

「そうよ。友人のキャロラインに私好みの良い洋装店があると教えてもらったの」

「キャロライン様に……」

キャロラインという名前は以前にもお母様の口から聞いたことがある。なんでもお母様の幼い頃《ころ》からの友人で、お互《たが》いに結婚した今でも交流が続いているらしい。

「もしかして、頻繁《ひんぱん》にお茶会に出かけられるのは」

「そう！　キャロラインが主催《しゅさい》して呼んでくれるの。定例会議みたいなものでね。他《ほか》の友人も合わせて、皆《みな》で楽しくお話ししているのよ」

「そうなんですね」

友人に紹介《しょうかい》されたこともあって、同じ洋装店で購入し続けていたのだと腑《ふ》に落ちた。

（それなら下手に新しい洋装店に変えるのも難しい問題よね……）

少し悩んだが、当分の間はドレスの新調自体しないので一度考えることをやめた。

「お母様。今日は呼んでしまわれた分、少しだけ購入しましょう」

「そうね」

頷くお母様の雰囲気《ふんいき》は、先程《さきほど》までドレスを眺《なが》めて楽しそうにしていたものとは違い、強く決意した熱意が微《かす》かに漏《も》れ出ていた。

その後、店員が戻《もど》ると私達はドレスを選び始めた。お母様の決意は余程強かったのか、一着のみを購入した。店員が驚《おどろ》き焦《あせ》る様子が見られ、最初のように褒《ほ》めちぎっていたが、それでもお母様はなんとか堪《こら》えて一着に留《とど》めた。

ドレスの購入を終えると、早速《さっそく》推しに貢《みつ》ぐことを実践《じっせん》することにした。

寄付と豪語《ごうご》したはいいものの、私には寄付に関する知識がなかったので、臨時講師としてルイス侯爵家執事《しつじ》長のトーマスを頼《たよ》ることにした。

トーマスは、白髪《しらが》で口元に生えた髪《かみ》と同じ色の髭《ひげ》がトレードマークだ。ルイス家に長く勤めているため、年齢《ねんれい》は両親より上になる。紳士《しんし》的かつ温厚でかなり優秀《ゆうしゅう》な執事というのが私の印象だった。

トーマスに寄付の方法や寄付先を教えてもらうと、お母様はすぐに取り掛《か》かっていた。終始熱心に話を聞く様子は、貢ごうという意志が強く表れていた。

一週間が経過すると、お母様は確実に変化していた。寄付の勉強があったので、特に推し活を教えることなく静かに観察していたのだが、書斎《しょさい》への突撃《とつげき》を一度もしていなかった。

その上ドレス以外の浪費も減り、今では毎月のお金のほとんどを寄付に充《あ》てているようだ。

段々と浪費癖《ろうひへき》がなくなり、お金を推しに使っているお母様。その事実が嬉《うれ》しかった。

お母様の様子を記録するノートに、推し活の経過を書いていると、お母様が私の部屋を来訪した。

驚《おどろ》きながらも迎《むか》え入れると、テーブルを挟《はさ》んでソファーに向かい合って座った。

「どうされましたか……？」

「イヴちゃん。私、そろそろユーグリット様にお会いしては駄目かしら……」

「！」

嬉しさを嚙《か》み締《し》めていたところでの発言に、少し胸が苦しくなった。

(よく考えたら、あのお母様が一週間も我慢《がまん》できたのよね。これは称賛《しょうさん》すべきだわ)

ずっと無理やりにでも会っていたお父様に会わなくなるのは、心理的負担が大きいことだろう。

(でもこれは新しい推し活を教える良い機会だわ)

苦しくなった気持ちをどうにか打ち消して前向きに考え、私ははっきりと伝えた。

「お母様。お会いしたいお気持ちはよくわかります。ですが、推すことを勧《すす》めた身としては同意できません」

「それは……普通《ふつう》にお会いするのもかしら」

「はい。今はまだ、普通にお会いすることができないと思いますから」

「！」

お母様の普通と、私の言う普通はきっと違う。

私の考える普通とは食事を共にする程度や、挨拶《あいさつ》を交《か》わす程度のことを言っている。けれどもお母様の普通とは、恐《おそ》らく会うだけでは終わらせず、今までのように書斎で話すことも含《ふく》まれると思うのだ。

「それに、お父様は今お忙《いそが》しい時期でもありますから、もう少し経《た》ってからにしませんか？」

「……そうね。ご迷惑をかけてはいけないわ」

ぐっと考え込んだお母様は、葛藤《かっとう》しているようにも見えたが、私の言葉を受け入れてくれた。

「では。ここで一つ、新たな推《お》し活をご提供できればと思います」

「新たな推し活？」

「はい。黒板を持って来るので、少し待っていてください」

興味ありげに聞いてくれる、それだけで私は胸がいっぱいだった。私が隣室《りんしつ》に置いてある黒板を急いで持ってくると、既《すで》にお母様が椅子《いす》を用意してくれていた。

「ありがとうございます、お母様」

「教えてもらう立場だもの。これくらいはしないとね。……ちなみに気になったのだけど、その黒板どこから持ってきたの？」

「隣室です。実は、後継者《こうけいしゃ》教育の授業で使用していて。私はいつも隣室で授業を受けているので、普段はそこに置いてあります」

「そうなのね」

疑問に答えたところで椅子に乗り、推し活の話を始めた。

「お母様。会えないことで想《おも》いが募《つの》るのは当然のことです。今はお辛《つら》いかと思います」

「えぇ……」

「そんな時こそ、作りましょう」

「作るって、何を？」

「推しグッズです」

黒板に〝推しグッズ〟と書くと、その下に丁寧《ていねい》に二重線を引いた。

「推しぐっず？」

まるでわからないという表情と声色《こわいろ》を受けると、私は椅子から下りた。ドレッサーの引き出しに入れてある、小さなぬいぐるみやチャームなどの自作の飾《かざ》り物を手にするとお母様の前にあるテーブルに並べた。

「こちらをご覧ください」

「まぁ、可愛《かわい》い」

「実はこれ、私の手作りなんです」

「あら」

前世を思い出したことをきっかけに、私は創作意欲が湧《わ》き出ていた。ゲームのジョシュア様を想像すると、手が自然と動いてしまうのだ。まるで前世の推し活を引き継《つ》いでいる感覚だった。

「これは趣味《しゅみ》の一つで――」

「凄《すご》いわ、凄いわイヴちゃん！」

「えっ」

具体的な説明をするよりも、お母様がグッズを手に取って褒める方が先だった。予想外の反応に、私は驚きのあまり固まってしまう。

「よくできてるわ……私にもできるかしら」

既にやる気になっているのは喜ばしいことだったが、同時に戸惑《とまど》ってもいた。

「どうしたらこんなに精巧《せいこう》に、可愛く作れるのかしら」

確かに、人に見せても恥《は》ずかしくないものだとは思う。前世の経験も踏《ふ》まえて、推しグッズを作るのはもはや習慣だったから。

ジョシュア様のイメージカラーである青色をベースにした、小さなくまのぬいぐるみはそれこそ力作だった。ただ、子どもの手で作ったものなので、前世と比べると上手《うま》いわけではないのだが、それでも最大限努力を重ねていた。それをお母様に褒めてもらえたのは本当に嬉しいことだった。

刺繍《ししゆう》入りのハンカチや飾り物等、ひとしきり私の自作グッズを眺《なが》めたお母様は、目を輝《かがや》かせながら尋《たず》ねた。

「ねぇイヴちゃん。この推し活、私に教えてもらえないかしら？」

「……も、もちろんですお母様!!」

「ありがとう……！」

喜びのあまり大きな声で反応してしまったが、お母様は気にせずに受け取ってくれた。

推しグッズを作るに当たって、まず大切なことがある。それは基調となる色を把握《はあく》すること。前世の記憶《きおく》込みでジョシュア様に関しては担当色があったので、青を取り入れればそれらしくなっていた。しかし、今回の相手は無理やり推しにした、言わば一般《いっぱん》のお貴族様である。

ということで、イメージカラーを決めることから始めることにした。

「お母様。お父様を思い浮《う》かべて、何色を連想されますか？」

「色」

「そうですね……例えば私だったら青色のように。安直になりますが、髪色や瞳《ひとみ》の色から考えたり、その人の魅力《みりょく》に繋《つな》がる色を考えたりするといいですよ」

お母様が考え込むのと同時に、改めて父ユーグリットの姿を思い浮かべてみる。

(私がお父様の推し色を決めるとしたら……髪色から言えば青色ね。でも瞳は明るめの水色だから——)

お父様の容姿を思い出していると、お母様はポツリと一つの色を告げた。

「……紫色《むらさきいろ》かしら」

「紫色、ですか？」

紫という意外な答えに、思わず聞き返してしまった。

「えぇ。紫色にするわ」

そう答えるお母様は、どこか幸せそうだった。

(これは……何か思い入れのある色なのかもしれないわ)

私の知らない、お母様の中にいるお父様だけのイメージカラーと考えると、なんだか特別な色に思えた。

「わかりました！　紫色で作ってみましょう」

「えぇ、作りたいわ……！」

「何から作りましょうか……そうですね、簡単なものから作ってみますか？」

「簡単なもの。それなら私にもできそう」

安堵《あんど》するように息を吐《は》くお母様と、何からやってみようか考えた。

「お母様、刺繡をされたことは？」

「……昔に少しだけ」

「それなら、まずは刺繡からしてみますか？」

「えぇ」

「では一式とって参りますね」

棚《たな》に近付くと、刺繡セットと糸を取り出す。

「紫の糸……良かった、あった」

どんなものでも作れるようにと、多種多様な色を手元に置いてあった。

「……紫と何色がいいかしら。青とか白？」

これに関しては本人のセンスもあるので、自分で決めずに何色か手に持ってお母様の下《もと》へ戻《もど》った。お母様に針と布を渡《わた》すとテーブルに糸を並べる。

「お母様、好きな色を使ってください」

「ありがとう、イヴちゃん」

「紫色の糸がこちらで……合わせる色はお任せしようと思って、何色か持って参りました」

「……緑をもらおうかしら」

「わかりました！」

お母様は紫と緑色の糸を選択《せんたく》すると、ハンカチに刺繍を始めた。経験があるということなので口を出さずに見守ることにして、私は静かにお母様の正面にあるソファーに座った。

（……おっ？）

すると、非常に慣れた手つきで一つ完成させてしまった。お母様の刺繍は、一目で花の名前がわかるほどお上手で、私が教えることなど何もないほどの実力だった。

「……どうかしら？」

「凄くお上手です。ラベンダー、ですよね？」

「そうなの！　わかる？」

「もちろんです」

「ふふ、ありがとう」

嬉《うれ》しそうに自分の作り進めた刺繍を見つめるお母様。私もまじまじと刺繍を眺めるが、完成度はかなり高いものだった。

（もしかして、お母様は刺繍の才能がおありなのかも……？）

新たな布を用意しながら、もう一つ作るか尋ねた。

「お母様。せっかく何種類か色を持ってきたので、お好きに刺繍をされてはいかがでしょうか？」

「そうね……ユーグリット様のことを考えながらすれば、推《お》し活になるのよね？」

「その通りです！」

「……私、頑張《がんば》るわ」

「はい！」

やる気に満ちたお母様の眼差《まなざ》しが嬉しくて、私は棚から予備の布を持ってきた。

「失敗した時用に布ならたくさんあるので、ここからお取りくださいね」

「わかったわ」

黙々《もくもく》と刺繍を続けた結果、テーブルの上は、製作用の無地の布と刺繍糸、そして完成した刺繍済みの布で埋《う》まることになった。

(せっかくなら私も縫《ぬ》おう)

先程《さきほど》までのやり取りを振《ふ》り返りながら、お母様の口から〝推し活〟と出たことに顔がにやける。

(よかった。今のお母様、楽しそう)

にこにこしながら自分の手を進める。私も推し活をしようと、ゲームを思い出す。ジョシュア様のモチーフとなる青色基調のくまがあるのだが、今回はそれをぬいぐるみではなく刺繍で作り始めた。お母様の方から視線を感じたので、顔を上げると「なんでもない」と言わんばかりの笑《え》みで誤魔化《ごまか》された。

(……もしかして失敗しちゃったのかな？)

そう気にしながらも、黙々と手を動かしており、特に会話をすることはなかった。

（よし、できた！）

無事にくまを作り終えた私は、顔を上げてお母様の方を確認《かくにん》した。

「えっ……!?」

いつの間にか、テーブルには刺繍を終えた布が十枚ほど並んでいた。

「お母様」

「あっ」

そこまで集中していたお母様は、私の声で手を止めた。

「ごめんなさいイヴちゃん、楽しくなっちゃって」

「お母様は刺繍の才能がありますね……！」

「えっ」

私がもしかしたらと思っていた予想が的中した。

（その上作業スピードも異常に速い!!　これは常人ではできないことよ……！）

私が遅《おそ》すぎるのかもしれない、そんなことを考慮《こうりょ》してもお母様の刺繍をする速さは目を見張るほどだった。

「どれも丁寧《ていねい》で売り物みたいです」

その上、一つ一つの完成度は高く保たれたままだった。今すぐお店に出せるほど、その出来映《できば》えは確かなものだった。

「今は何を作られているんですか？」

「あっ、まだ途中《とちゅう》なのだけど……」

立ち上がってお母様の手元を覗《のぞ》けば、そこには細部までこだわって縫われた狼《おおかみ》がいた。

「狼ですね」

「ま、まだ完成してなくて」

「どうして狼を？」

「イヴちゃんが可愛《かわい》らしいくまを作っていたでしょう？　それで、ユーグリット様に合う動物を考えながら作ってみたのだけど」

「天才ですか？」

（いや、もう自発的に推し活してますよ！）

その判断力と行動力に驚《おどろ》きながらも、再びハンカチに視線を移す。とても刺繍《ししゅう》で作られたとは思えないほど、精巧《せいこう》で美しい狼がそこにいた。お母様の隠《かく》された才能を目《ま》の当たりにして、それまでの自分に対する考えが一つ変わった。

（私、自分がグッズを作れるほど器用なのは前世の知識のおかげだとばかり思っていたけど、これはもしかしなくてもお母様の才能を受け継《つ》いでいるかもしれないわ。知識はあくまでも知識だから）

私が考えている間にも、お母様は手を動かして刺繍を完成させた。

「たくさん作りましたね」

「えぇ……凄《すご》く楽しかったわ」

その言葉を待ってましたと言わんばかりに、私は推しグッズを作る意味について話し始めた。

「お母様。今日作られたものを、是非《ぜひ》お部屋に飾《かざ》られてください」

「ハンカチを？」

「はい。今よりさらに多くのグッズを作って、お部屋を推しで埋めるんです」

「推しで埋める……」

「そんなことして何の意味があるの？　そう思いますよね。大きな意味があるんです！」

「どんな意味があるのかしら」

お母様の興味津々《きょうみしんしん》な眼差しを受け、私は嬉々《きき》として語り始める。

「ご説明させていただきます」

自分の作業を止めて、私は再び黒板に向かって〝お母様〟と〝推し〟と書いた。

「部屋が推しで埋まると私は凄く嬉しいです。それに、それだけ私が推しを愛していることの証明になると思うんです！」

「証明……」

「誰《だれ》に対しての証明か？　もちろん推しへの証明になる場合もありますが、今回はそこに焦点《しょうてん》は当ててません。ですので、お母様ご自身にです。自分自身への証明になるのです」

黒板に向かって〝お母様〟を二重丸で囲むと、その隣《となり》に〝証明！〟と書いた。

「私が一体どれだけ推しを愛しているのか、愛せるのか。その証明をすることで、一途《いちず》にずっと思い続けることができるでしょう。そして、推しで部屋を満たせたら、それだけ推しに染まっているという証明にもなるのです。……誰になんと言われようと」

「!!」

好きの証明。

お母様は今まで何度となくお父様に愛を伝えてきただろう。それは言葉であったり、贈《おく》り物であったり……とにかく多種多様な方法で。

けれども、それに答えが返ってくることはなかった。恐《おそ》らく一度も。

それならば最初から求めなければ良い。一方通行でいい。自分だけわかっていれば良いのだ。自分に好きの証明ができれば、相手を愛する意味が生まれる。

「そんなの自己満足だ、そう考えてしまうかもしれません。……ですが！　自己満足でいいじゃないですか。自己満足最高ですよ。だってそれで満たされるんですから」

「イヴちゃん……」

答えを求めない愛の形もあるのだと、どうかお母様に気が付いてほしい。その一心で語り続けた。

「推《お》すにあたって、推しからの答えなんていりませんし求めてもいけません。万が一にでも拒否《きよひ》をされてしまえば、その時点で推す気が、愛する気が失《う》せてしまうのですから」

お母様は自分の作った刺繍入りのハンカチに視線を落とした。

「ですが、何も言われていないうちが花です。好きなだけ推せる《あいせる》んですから」

「……好きなだけ」

お母様が食いついているのがわかった。

「その想《おも》いをグッズに込めて、いっぱいにするんです。迷惑《めいわく》をかけずに、でも愛をひたすら追求する。これぞ推し活ですね」

(作ったグッズを色々活用してこそ意味がある場合もあるけど、それはまた別の話ということで……)

こうして語り終えると、お母様をそっと見つめた。お母様は、自分の作った狼の刺繍をゆっくりと撫《な》でていた。

「……素敵《すてき》ね、推すって。相手のことを想いそれを形にするのも、立派な愛よね」

「私はそう思います」

「何よりも。推しグッズに囲まれるのは、確かに幸せだわ」

今のままアタックしても、お父様を振り向かせることは難しいだろう。けれども推し続けた先には、もしかしたらお母様の願う未来が訪《おとず》れるかもしれない。

少しの沈黙《ちんもく》の後、お母様は私の名前を呼んでくれた。

「……イヴちゃん。私、刺繍だけじゃなくて色々なものを作りたいわ」

「是非とも作りましょう！」

「えぇ！」

その笑顔《えがお》は今までに見たことがないほど爽《さわ》やかで、何か吹《ふ》っ切れたようなものだった。

「何からやりましょうか」

「全部教えてほしいわ」

「!!　……お任せくださいっ」

二人揃《そろ》って胸の前に両手の拳《こぶし》を掲《かか》げながら頷《うなず》き合った。そして私は自分が知る、この世界でできそうなグッズについて、教えたのであった。


推し活についての話が終わると、お母様は自室へと戻《もど》った。

私はテーブルに並べたグッズを棚《たな》に片付け始める。

(さっきトーマスに聞いたけど、明日《あした》からジョシュアは外部講師に教えてもらうのよね)

外部講師、という言葉に不安が募る。

眼帯を渡《わた》して以降、ジョシュアは毎日眼帯を身につけるようになった。距離《きょり》が縮まってからは、ジョシュアの方から「ごめん姉様。今使っているのが壊《こわ》れちゃって」と報告を受けるようになり、新しいものがほしいという申し出を聞くようになった。しかし、周囲との関係にはあまり変化は見られず、相変わらず使用人とは滅多《めった》に話していないようだった。

（……待って。そういえば私、最近はお母様に付きっ切りで、ジョシュアと話せていなかったわ！）

焦《あせ》りを覚えた瞬間《しゅんかん》、部屋にノック音が響《ひび》いた。

「姉様、いる？」

「ジョシュア」

ひょこっと顔を出したジョシュアは、私を見つけると嬉《うれ》しそうに微笑《ほほえ》みながら部屋の中に入って来た。

「いらっしゃい。どうしたの？」

「最近お母様にばかり構っているみたいだから」

「うっ。ご、ごめんなさい」

ジョシュアはどうやら少し寂《さび》しそうだった。謝罪をしながら、二人向かい合って座った。

「いいよ、姉様が頑張《がんば》っているのを知ってるから。お疲《つか》れ様」

「……ありがとう、ジョシュア」

労《いたわ》りの言葉を受け取ると、ジョシュアはかなり時事的な話題を出した。

「そうそう。聞いたよ」

「聞いた？」

「うん。お母様が寄付を始めたんでしょ」

「凄《すご》い、もう知っているのね」

ジョシュアの情報を得る速さに思わず感心する。

「お母様の部屋から出てくるトーマスに会ったから、その時に聞いたんだ」

確かにトーマスがお母様の部屋を出入りすることは珍《めずら》しいため、その光景を目《ま》の当たりにしたら気になるだろう。そう納得《なっとく》していると、ジョシュアは不思議そうに尋《たず》ねた。

「それにしてもお母様が寄付か。……姉様、何を吹き込んだの？」

「上手《うま》く説明できないけど……寄付をした方が良いとは言ったわ」

「へぇ。まぁ、無駄《むだ》にドレス買うよりよっぽど有意義だよね」

「激しく同意よ」

さすがはジョシュア、お金の使い方というものをわかっている。

ジョシュアはルイス家に来て一年しか経《た》っていないものの、なんとなく両親の関係や二人がどんな人物かわかり始めている様子だった。

「ジョシュア、私もトーマスから話を聞いたわ。明日から外部講師の授業が始まるって。

「……大丈夫《だいじょうぶ》？」

ジョシュアの様子を窺《うかが》いながら投げかけたものの、彼はキョトンとしながら首を傾《かし》げた。

「大丈夫って、何が？」

これは私が言葉足らずだったと思いながら、改めて心の内を伝えた。

「まだルイス家の人とも関係を構築中なのに、新しい人と接触《せっしょく》するのは大変でしょう。だからジョシュアが不安になってないかなと思ったの」

「心配してくれるの？」

「当たり前でしょ。私にできることは少ないけど、何かあったらいつでも頼《たよ》って。無理をしては駄目《だめ》よ」

「……ありがとう、姉様」

頷きながら即答《そくとう》すれば、ジョシュアの頰《ほお》が緩《ゆる》んだ。

「不安か……うん。今のところは大丈夫」

「それならよかった」

口ぶりや態度からは悩《なや》んでいたり、不安がったりしている様子は見られなかった。ひとまずは大丈夫なのだろうと、安堵《あんど》の息を吐《は》いた。

「姉様こそ。あまり無理しないでね」

「私？」

「うん。姉様の方が心配だよ。お母様は一筋縄《ひとすじなわ》ではいかないだろうから、無理せざるを得ないのかもしれないけど」

「一筋縄ではいかない……その通りね」

ジョシュアの真剣《しんけん》そうな声色《こわいろ》に、私はゆっくりと頷いた。

まだ一年しか過ごしていないジョシュアから見たお母様と、私のお母様像が一致《いっち》した。

確かにこの推してみろ作戦を実行しようとした時、すぐにお母様に話を持ち掛《か》けることはできなかった。今回は結婚《けっこん》記念日を機にお母様と対話できたおかげで、上手く事が運んでいる。けれども実際問題、どこまでお母様に響いているかはわからなかった。

(私のすべきことは……お母様の中にある意識を変えること)

お母様と一緒にバッドエンドを回避《かいひ》するためには、お母様自身を変えて心中や死という思考に至らないようにする必要がある。

(当分はグッズ作りに専念するとして……その間に新しい推し活を考えないと)

書斎《しょさい》の突撃《とつげき》訪問や浪費《ろうひ》をしていない様子や、今日のグッズ作りを踏《ふ》まえると、お母様は意欲的に推し活を楽しんでくれているようだった。

(でも今日は、お父様に会いたいと言われたのよね。……まだまだ油断できないわ)

お母様のために動くことも大切だけど、今はジョシュアを前にしているのだ。ジョシュアの話に集中しないと。

「心配してくれてありがとう、ジョシュア。できる限り無理をしないように頑張るわ」

「頑張ったら同じじゃない……？」

「あっ。そ、そうね……しっかりと休憩《きゅうけい》する、ならいいのかしら」

「うん、休息は大切だからきちんと休んでね。……姉様、約束だよ？」

「……約束ね」

（か、可愛《かわい》いっ……!!）

こくりと頷いた上でこちらを曇《くも》りのない眼差《まなざ》しで見つめるジョシュアの、あまりにも可愛らしい様子に興奮してしまう。それを顔に出さないように、穏《おだ》やかに返事をした。

私の中で庇護欲《ひごよく》がこみ上げたからか、もっと姉らしいことをしたいと思いながら、ジョシュアの助けになれないか探《さぐ》った。

「ジョシュア。ルイス家で過ごして一年が経過したけど、何か困っていることはない？」

「困っていること……ううん。特にないよ」

少し考えていたが本当に何もなさそうだ。

（何か姉らしいことできないかな）

考え込むと、ふとお母様とジョシュアのやり取りを思い出した。

（お母様ってシュアちゃんって呼ぶのよね。……この呼び方、姉らしいかもしれないわ）

家族にしか許されないような呼び方だと判断すると、私はジョシュアに提案した。

「私も今日からシュアちゃんと呼ぼうかしら」

「え、やめて」

(即答！　しかも断られた……！　もしかして、まだそんな呼び方されるような仲ではないということ……!?)

どこか嫌《いや》そうな顔をするジョシュアに、私は申し訳なさと寂しさを感じた。

まだ距離《きより》があるのだろうかと考えていると、ジョシュアは念を押すように強く言った。

「姉様はジョシュアって呼んで」

「……わ、わかったわ」

断られてしまったことに落ち込んでいると、今度はジョシュアが私に尋ねた。

「姉様こそ、何か困っていることない？」

「困っていること……」

お母様の闇落《やみお》ちを防げるか心配だが、これはジョシュアに話すべきことではない。ジョシュアのように何もないと答えるつもりだったが、それだと会話が終わってしまうと判断し、繋《つな》げられる話題を探した。

「困っていることはないけど、気になっていることなら」

「気になっていること？」

「えぇ。お母様がよく利用している洋装店なんだけど……先週見たドレス、お母様のために仕立てられたものじゃなくて、既製品《きせいひん》のように見えたのよね」

「既製品……その洋装店って、お母様が自分で探したの？」

「いいえ。ご友人から勧《すす》められたそうよ」

「それなら変かもしれないね。……お母様が自ら既製品を扱《あつか》うお店を選んだなら何もおかしくないんだけど、毎回既製品となれば話が変わってくるから」

「そうよね」

　これはあくまでも私の感覚に過ぎないが、何か違和感《いわかん》があるのは確かだった。

「まぁでも、考え過ぎかもしれないわ。私も一度しか立ち会っていないから、知らないところで好みのデザインを頼《たの》んでいたかもしれないし」

　これ以上は広げる必要がないと判断すると、一度話を終えた。すると今度はジョシュアから小さな疑問を投げかけられた。

「姉様はドレスを買ったの？」

「えぇ、一着だけね。来てもらった手前申し訳ないけど、あまり好みのドレスがなくて」

「へぇ。姉様の好きなドレスって？」

「青色や緑色、紫色《むらさきいろ》みたいな、落ち着いた色味のドレスが好きよ。ピンク色のものやフリルが多いドレスは私が着ると幼く見られてしまうからあまり好まないの」

　顔立ちはまだまだ子どもなので、どうしてもドレスは大人びたものを着たくなってしまう。前世の記憶《きおく》がある以上、幼く見えるドレスは選びづらかった。今日のドレスも、青と白色が基調のものだった。

「姉様ならどんなドレスも似合うと思うけど……」

「ふふっ、ありがとう。ジョシュアは？　どんな服装が好きなの」

「……動きやすい服、かな？」

目線を落としながら考え込んだ末に出た答えに、私は大きく頷《うなず》いた。

「わかるわ。私も外出用ドレスより、室内用ドレスの方が、装飾《そうしょく》が少ない上に軽くて好き」

「姉様と好みが一緒……」

共通点を一つ見つけることができたのは、呼び方否定が帳消しになるくらい、嬉《うれ》しい発見だった。その後、服装に関する話題をもう少し話したところで、今日はお開きになった。

ジョシュア・ルイス。

元々はルイスという名前ではなかったが、養子として引き取られたためにこの名前を名乗ることになった。

自分の持つオッドアイが嫌《きら》いで、いつも前髪《まえがみ》で隠《かく》していた。物心ついた時から周囲には瞳《ひとみ》を恐れる人しかいなくて、この瞳は誰《だれ》かを不快にしかしないと思っていた。それなのに、義姉《あね》になったイヴェットはこの瞳をこちらが引くぐらい好いている。

「ジョシュア、貴方《あなた》の瞳は唯一無二《ゆいいつむに》よ！　世界のどこを探しても存在しない宝石だわ!!」

ある時はその素晴《すば》らしさを延々と語り、ある時は嬉しそうに瞳を見つめる。そんな変な義姉だが、僕にとっては掛《か》け替えのない人になった。

（……こんな素敵《すてき》なものまでくれて）

あんなに嫌いだったオッドアイを、少しずつ受け入れられるようになっていた。何せ姉様が褒《ほ》めてくれた瞳だから。それに眼帯をくれた理由も嬉しかった。

「ジョシュアが隠したいのなら、私はその意思を尊重するべきだと思うの」

褒めていた瞳を隠すために眼帯を渡《わた》すだなんて驚《おどろ》いたが、姉様は何よりも僕の意思を尊重してくれた。それが嬉しくて、僕は姉様に心を許すようになった。自室に戻《もど》ってもずっと贈《おく》り物の眼帯を眺《なが》めていた。もちろん装着の練習もすぐにやった。

眼帯をきっかけに親しくなったわけだが、最近はお母様に時間を割《さ》いていて僕に会いに来る頻度《ひんど》が減っていた。お母様との時間も大切だとわかっていたけど、会う時間が減ったのは寂《さび》しかった。

機会を窺《うかが》って会いに行けば、姉様は変わらない様子だった。……いや、一つおかしかったのは突然《とつぜん》「シュアちゃん」呼びをしたいと言われたことだった。そうやって呼ぶのは一人だけで、お母様に呼ばれる分には不快感は全くなかった。けれども、姉様に呼ばれるのは絶対に嫌だった。

（……姉様にちゃん付けされるのは、嬉しくない）

言われた瞬間《しゅんかん》そう思い、反射的に断ってしまった。今もなぜかもやもやしたものが心の中にある。

理由を探そうと、装着していた眼帯を外してじっと見つめた。

（姉様は、僕のことを見てくれた）

誰からも好かれなかった瞳に、真っすぐな視線を向けて話してくれた。怖《こわ》がるどころか褒めてくれることが、どれほど嬉しかったか、きっと姉様は知らない。それに、この瞳を好いているにもかかわらず、僕の気持ちを尊重して眼帯を作ってくれた。その温かな配慮《はいりょ》と優《やさ》しさが、僕の中で大きく広がっていた。

（……姉様の役に立ちたい）

思えば姉様にはもらってばかりで、何も返せていないことに気が付いた。自分に何かできないか考え始める。

「……洋装店が気になるって言ってたな」

姉様は考え過ぎだと言っていたが、懸念《けねん》があるのなら調べるに越《こ》したことはない。そう判断すると、早速《さっそく》お母様が利用している洋装店について調べ始めた。

お母様とグッズを作り始めてから、二ヶ月が経過した。

あれからというもの、お母様は着々とグッズ製作を続けて部屋を推《お》し色で染めていた。その上寄付も毎月一度行っており、最近では領地のことをもっと知ろうとルイス侯爵《こうしゃく》領にまつわる資料を読み込んでいた。これだけでも十分驚愕《きょうがく》するのだが、中でも一番驚いたのはこの二ヶ月の間、一度もドレスを新調しなかったことだった。そして最近は外出を控《ひか》えて、屋敷《やしき》にこもっている。

元々お父様命だったお母様は、社交界のパーティーには必要最低限しか顔を出さなかった。それでもお茶会などのご友人との交流に関しては、頻繁《ひんぱん》に行っていた。それがこの二ヶ月、パタリと無くなってしまったのだ。お母様の口からお茶会の話題が出ることは一度もなかったが、招待状が届いているのを何度か確認《かくにん》した。参加していないとわかると、何かあったのかと不安を抱《いだ》いた。

（本人にそれとなく確認してみたら、今はお茶会よりもグッズを作る方が楽しいみたいなのよね……）

これを良い傾向《けいこう》とみるべきか、心配するべきかはわからなかった。ただ、お母様本人が凄《すご》く楽しそうにしているので、下手に口を出すことはしないでおくことにした。

「見て見てイヴちゃん！　ユーグリット様への想《おも》いを込めた狼《おおかみ》のぬいぐるみを作ってみたの」

「これまた精巧なぬいぐるみですね」

たくさん作るうちに、お母様の創作力も完成度も高まるばかりだった。その上センスもあるので、とてもおしゃれなグッズがお母様の部屋に並んでいた。

「次は何を作ろうかしら……！」

二ヶ月作り続けても、今のところは飽《あ》きていない様子なので見守ろうと思った。

最近はお母様が自室で黙々《もくもく》とグッズ作りをすることが多いので、私がお母様の部屋に行くことが多い。今日も向かい側のソファーに座って、私も何か刺繍《ししゅう》で作ろうと布を持った瞬間だった。

「……はっ!!」

「!!」

突如《とつじょ》お母様がぬいぐるみをポトリと落として固まった。聞いたこともない、見たこともない様子に驚いて私も固まってしまう。

「あ……ど、どうしましょうイヴちゃん」

「ど、どうされましたか」

お母様の困惑《こんわく》を感じ取ったせいか、私も少し動揺《どうよう》してしまった。

「もう少しで……ユーグリット様のお誕生日だわ!!」

「あっ」

その一言で、私も日程を思い出す。

そう言えばそうでした。明後日《あさって》は、父ユーグリット・ルイスの生誕祭でした。

（いつもお母様が盛大にお祝いしているのに今年は何も準備をしていないのと、お父様本人が元々そういう行事に興味がないのも相まってすっかり忘れていたわ……）

お母様は完成した狼のぬいぐるみを抱《だ》き締《し》めながら狼狽《うろた》えていた。

「ど、ど、どうしましょうイヴちゃん！　私ユーグリット様に何もご用意してないわ……！」

本当に何も準備していない様子が、悲痛な叫《さけ》びから感じ取れた。

「そうですね……」

（今から王都に行って直接贈り物を選ぶという手はあるのだけど、それだと散財する未来が見えるのよね。毎年たくさん買ってるからな……）

遠い目をしながら、お母様の浪費《ろうひ》を止めるために私は頭を回転させた。それに、お母様の専属侍女《じじょ》から聞いた話なのだが、お母様からの贈り物のあまりの数にお父様が返品作業をしているようなのだ。これを踏《ふ》まえても、贈り物を用意する以外の選択《せんたく》を取りたかった。

熟考の上、あることに気が付く。

(はっ！　……これも推し活に繋《つな》げられるじゃない!!)

バッと勢いよく顔を上げると、お母様の目を見つめた。

「お母様！　少しお待ちください!!」

思い立ったら即《そく》行動なので、急いで自室に戻って移動式黒板を持ってきた。淑女《しゅくじょ》たるもの、廊下《ろうか》を走ってはいけないと教わったのだが、今日だけは目をつむってほしい。駆《か》け足でお母様の部屋に戻ると、椅子《いす》を黒板の前に移動させてそこに乗った。お母様も黒板が見やすいように、すぐ傍《そば》まで移動する。準備が整うと、早速授業を開始した。

「お母様。焦《あせ》る必要はありません。今年は贈り物をしない方向で行きましょう。贈り物がなくても、生誕祭はできますから」

「イヴちゃん。……もしかして、これも推し活になるの？」

不安げな面持《おもも》ちのお母様は、恐《おそ》る恐る私に尋《たず》ねた。

「その通りです！　推しの生誕祭はこれ以上ない推し活イベントなんです!!　さてお母様。贈り物以外で、誕生日と聞かれて思いつくものはなんでしょうか」

「え、えぇと……パーティー？」

「パーティー！　そうですね。では誕生日パーティーに欠かせない食べ物と言えば!?」

「わかったわ、ケーキね！」

「正解です!!」

「やったわ！」

答えが当たった記念にハイタッチをして喜んだ。

「今回はケーキを選べばいい、ということかしら」

「いいえ、お母様。せっかく創作力を鍛《きた》えたのです。……作ってみませんか」

「ケーキを……作る？　……私が？」

信じられないというように、お母様は私に確認した。

「はいっ」

「でもそれは、難しいんじゃないかしら……」

消え入るような声で呟《つぶや》くお母様に、興味を持ってもらえるように追加説明を行った。

「お母様。ケーキはいろんな色で作ることができます。もちろん紫色《むらさきいろ》でも。その名も『推しケーキ』です！」

「ユーグリット様のお色で⁉」

先程《さきほど》までの不安な表情が一気に消え去り、大きく目が見開かれた。

「紫となると、その色の材料を集めることになりますが――」

「やるわっ‼」

大きく頷《うなず》きながら、元気よく即答《そくとう》された。

意外にも食い付きが良いもので、お母様の頭の中は今日も推しであるお父様で埋《う》まっているようだった。

「まずは計画を練ります。その上で、明日《あした》作りましょう」

「えぇ、作りましょう！　……明日？」

「当日作るのも良いのですが、せっかくなら日が変わったその瞬間《しゅんかん》にお祝いしたくないですか!?」

「素敵《すてき》……！　是非《ぜひ》ともしたいわ！」

きらきらと目を輝《かがや》かせるお母様は、やる気に満ちあふれていた。

（現実的に考えて、明日の夕食以降の時間なら厨房《ちゅうぼう》も空いているでしょうからね）

我《われ》ながらよく考えたなと思っていると、お母様はすぐに行動に移していた。

「まだ午前中でよかった。必要なものは今日中に用意しないとよね」

「そうですね」

お母様が紙に書き起こしたかと思えば、突然《とつぜん》ピタリと手を止めてしまった。そして、恐る恐る顔を上げてこちらを見た。

「イヴちゃん……その……ちなみに作ったケーキ」

（あっ……お父様にあげるか、という話よね）

今まで大量の贈《おく》り物を用意し続けていた上に、最近は書斎《しょさい》への突撃《とつげき》訪問もなくなったお母様。お父様と交流する機会が減った今、誕生日くらいは一緒《いっしょ》に過ごしたいと思うのが普《ふ》通だろう。一日くらいは接触してもいいかもしれないと考えていると、お母様は一つの提案をした。

「良かったら一緒に食べない？　一人だと食べきれない気がして」

「!!」

まさかの発言に、私は言葉を失うほど驚《おどろ》いた。お母様を凝視《ぎょうし》していると、何かを察したように続けた。

「あっ、渡《わた》しに行かないのかって聞きたいのよね？　もうこれだけ推《お》すことを身につけてきたのよ。鉄則は守らないと」

「鉄則……あっ」

「推しの……ユーグリット様の視点に立って考えてみたの。私がいきなりケーキを作って渡しても、困らせてしまうだけだから」

「お母様……」

心の変わりように、私は嬉《うれ》しくて胸がいっぱいだった。

「初めて作るケーキですもの。美味《おい》しいかわからないのにユーグリット様には渡せないわ」

「……そうですね」

「だから、夜に私の部屋で一緒にお祝いしましょう」

「もちろんです、お母様」

そう微笑《ほほえ》むお母様は、すっかり毒気の抜《ぬ》けた優《やさ》しい母そのものだった。二人頷き合うと、部屋の空気が凄《すご》く暖かくなった気がした。

「あっ……でもまだ十一歳の娘《むすめ》に夜更《よふ》かしをさせるのは母親としてどうなのかしら」

「もう十一歳ですし、一日くらい平気ですよ」

「で、でも。成長期じゃない。身長が伸《の》びなくなったら」

「たった一夜ですよ？　問題ありません。それに、最近また伸びたばかりなので」

えっへんというポーズを取って、お母様に自分の身長を強調する。

「ふふっ……それなら一日くらい大丈夫《だいじょうぶ》かしら？」

「もちろんですよ！」

推し活を教え込んでいるという一点を除けば、私達はどこにでもいるような親子だろう。

こうして私達は、推しの生誕祭を開催《かいさい》することにした。

（着色料がないのはきついけど、この世界にブルーベリーがあって良かった）

急いでブルーベリーを使用人に用意してもらったり、厨房の使用許可を取りに行ったり、その他《ほか》の材料を集めたりと酷《ひど》く慌《あわ》ただしい一日を過ごすことになった。

そして翌日の夕刻。私達はケーキ作りの本番を迎《むか》えていた。

今日は私とお母様の、ご飯を早く食べたいというわがままをなんとか通して、前倒《まえだお》しにしてもらった。そのため、予定よりも早い時間から厨房を使うことができたのだった。

「イ、イヴちゃん……また焦《こ》げちゃったわ」

「もう一回焼いてみましょうお母様！」

早く使えたまでは良かったのだが、ケーキの生地《きじ》を焼き上げる工程がうまくいかず、私達は頭を悩《なや》ませていた。

「うっ……次こそ」

落ち込みながらも、そんな暇《ひま》はないと切り替《か》えてお母様は手を動かしていた。

（凄く真剣《しんけん》な瞳《ひとみ》……一応、料理長に教えてもらった時に作った見本作があるけど）

昨日、厨房を借りに足を運んだ時、まさかお母様が来るとは思わなかった料理長はしばらくの間固まっていた。その上、ケーキを作ると言い出すものだから、目が点になるほど驚いていた。材料を見せて、作る意志が強いことを示したこともあり、本気であることが伝わったのだった。

そして今日、お母様は料理長指導のもとケーキの作り方を学んだのだが、一人で作るとなるとやはり難易度が上がるようで、上手《うま》く焼き上がらないのが現状だった。勤務時間もあったため、料理長は一通りお母様に教えると厨房を後にしたのだった。

「お母様。この生地で駄目《だめ》だったら、料理長と一緒に作ったものを使いましょう」

「そうね……もう生地の材料も時間もないから」

そう言うものの、お母様は見るからに残念そうな雰囲気《ふんいき》を醸《かも》し出していた。

(……無意識なんだろうけど、こだわりが生まれてきているんだろうな。自分で一から作りたいという)

その思いが理解できるからこそ、お母様の最後の挑戦《ちょうせん》がうまくいくよう願いを込めていた。お母様は、生地をオーブンの中にそっと入れた。

「……今度こそ焦げないと良いのだけど」

オーブンの前に座るお母様を見ると、自分でも異様な光景だと思った。

(お母様のような生粋《きっすい》のご令嬢《れいじょう》がこんなことをするのは……なんというか、不思議よね)

頑張《がんば》るお母様の姿を微笑ましく眺《なが》めながらも、今度私もケーキ作りをしようと考えるのだった。

「ケーキ、できましたか？」

「！」

「あら、シュアちゃん！」

「……はい」

厨房にひょっこりと顔を出したジョシュアは、そのまま中へと入ってきた。ただ、シュアちゃんと呼ばれるのは未《いま》だに慣れていないようで、反応には困っているようだった。お母様もずっとこんな調子でジョシュアに接していたので、警戒心《けいかいしん》が解けたのはかなり早い方だったと思う。ジョシュアはいつの間にか今回の生誕祭のことを聞き付けたようで、この後も参加することになった。

「お母様と夜更かしパーティーするんでしょ？　僕も参加したい」

そう言われた時は一瞬答えに戸惑《とまど》ってしまった。義弟《おとうと》に夜更かしをさせるなんて悪い姉だと思ったのだが、それを理由に断ると一歳しか違《ちが》わないと反論がきそうだったので呑《の》み込んだ。

（あんなに愛らしい天使の眼差《まなざ》しでお願いされたら断れないわ……！）

その上、珍《めずら》しく希望を口にしてくれたこともあって快諾《かいだく》したのだった。

ジョシュアはお母様の方を見ながら不思議そうに問いかけた。

「何しているんですか、お母様」

「ケーキの生地を作っているの。だけど、実は上手く焼けなくて……」

「そうだったんですね。美味しそうな香《かお》りがしていましたよ。……えっ、紫色《むらさきいろ》？」

「今日はユーグリット様のために特別なケーキを作ろうと思って」

「な、なるほど。……頑張ってください」

「ありがとう、シュアちゃん！」

優しい言葉をかけたジョシュアだったが、目の前に置かれたケーキの土台が見たこともない色で驚いていた。土台とお母様を交互《こうご》に見ると最後に応援《おうえん》の言葉を伝えた。

(推し活を知らないジョシュアからすれば、変な色でケーキを作る母に見えるわよね)

誤解が生まれている気がしたが、変なことをしている自覚はあったので、説明はしなかった。

我が家にジョシュアがやって来てから、壁《かべ》を壊《こわ》して親しくなったのは私だが、壁を気にせず交流をしたのがお母様だった。初対面から「ジョシュア……ということはシュアちゃんね！」と呼び方で距離《きょり》を縮めていた。お母様には壁がわからないようで、ジョシュアが戸惑っていても気にしていなかった。私に接する時と変わらない様子で、楽しそうに話しかけていた。最初は困惑《こんわく》していたジョシュアも、お母様を受け入れる形で親しくなっていった。しかし、使用人との距離は相変わらずのようで、もしかしたら人見知りをしているのかもしれないと思っている。

(ゲーム内のジョシュア様はクールキャラだったから、ここは気にしなくていいのかもしれないわ)

最低限のコミュニケーションが取れているのなら大丈夫だろう。

私が若干《じゃっかん》にやけながら回想をしているうちに、いつの間にかジョシュアは私の隣《となり》まで来ていた。

「あっ。いちごだ」

「シュアちゃん。それ食べて良いわよ。盛り付けもブルーベリーにするつもりだから」

「本当ですか。やった」

ケーキと言えばいちごということで用意したのだが、推《お》し色ケーキということで必要なくなってしまった。

ジョシュアが嬉《うれ》しそうにいちごを頬張《ほおば》り始めた。私はその光景を眺めていたわけだが、何か既視感《きしかん》を覚え始めた。

（ジョシュアといちご……………はっ!!）

既視感の正体はゲームのイベントだった。

ジョシュア様が入学してから初めてやってくるイベントが課外授業の『いちご狩《が》り』だ。学園から少し離《はな》れたいちご畑で行われるのだが、短い授業を受けた後は自由行動になる。そこで好きな攻略《こうりやく》対象者の近くに行くことができるのだが、私は迷わずジョシュア様を選んだ。ただ、入学式の次のイベントということもあって、それまでに上げられる好感度には限界があった。どんなに頑張っても、認識《にんしき》してもらえる程度で、すれ違う時に一瞬《いっしゅん》目を合わせてくれるくらいだった。

雲一つない空はいちご狩り日和《びより》で、多くの生徒が楽しんでいた。畑に生長したいちごがびっしりと並んでいた。

そんな中、端《はし》の方で一人しゃがんで静かにいちごを見つめている生徒がいる。

ジョシュア様だとわかると、そっと近付いて腰《こし》を下ろした。

「……貴女《あなた》ですか」

チラリとこちらを一瞥《いちべつ》すると、すぐにいちごに視線を戻《もど》した。

ジョシュア様の隣にしゃがみ込んで、いちごを眺めた。

「美味《おい》しそうないちご、見つけられましたか？」

ゲームウィンドウに現れた選択肢《せんたくし》の中から、その台詞《せりふ》を選んだ。

「……少しは」

ジョシュア様は無表情のまま淡々《たんたん》といちごに手を伸《の》ばしていた。

気まずくならないように会話を振《ふ》るのだが、返ってくるのはわずかな言葉だけ。それでも、彼と話せるというのは貴重な機会だった。

黙々《もくもく》といちごを摘《つ》み取るジョシュア様を、気が付かれないように盗《ぬす》み見る。意外にも真剣にいちごを見極《みきわ》めていて、顔を左右に動かしてじっくり観察していた。

最初は課外授業に対して真面目《まじめ》に取り組んでいるのだろうと思っていたが、眼帯が目に入った。

視界が限られた中でいちごを選ぶのは、やりにくいのかもしれない。ジョシュア様の手元を見てみると、赤く染まった綺麗《きれい》ないちごもあれば、まだ青い部分が残ったいちごも摘まれていた。

再びいちごに視線を戻すと、美味しそうないちごを探す。赤くて大きないちごを見つけてジョシュア様に教えた。

「いえ、俺は大丈夫《だいじょうぶ》です。貴女が食べてください」

指さしたいちごを確認したものの、遠慮《えんりょ》されてしまった。既《すで》に赤くて大きないちごを持っていたのでそれを見せると、彼は目を丸くさせて驚《おどろ》いた。

「……本当にいいんですか」

恐《おそ》る恐る尋《たず》ねるジョシュア様にすぐさま頷《うなず》くと、彼は教えたいちごに手を伸ばした。そして、こちらを向いてふわりと笑《え》みを浮《う》かべた。それは初めてジョシュア様の無表情が崩《くず》れた瞬間だった。

「ありがとうございます、先輩《せんぱい》」

普段《ふだん》とは異なる嬉しそうな声色《こわいろ》に、心拍数《しんぱくすう》が上がる。

「いちごが好きなので、凄《すご》く嬉しいです」

意外な一面に驚きながらも、可愛《かわい》いと思ってしまった。

その後は少しだけ縮まった距離の中、二人でいちご狩りを続けるのだった。


まさかのいちご好き!? と前世ではどれほど衝撃《しょうげき》を受けたことか。

ジョシュア様から初めて『先輩』呼びをされた喜びに加えて、ふわりとした笑みなどでは言葉が足りないくらい、美麗《びれい》過ぎるスチルの出現に当時私は悶《もだ》えた。

(あの時のスチルは永久保存レベルよ――! 今でも鮮明《せんめい》に思い出せるもの!!)

それくらい破壊《はかい》力の強い笑顔であり、私が推しに再び惹《ひ》かれたイベントでもあった。

(ジョシュア様との間の壁が崩れ始めたイベントとしても有名なこのいちご狩り、いつ思い出してもいいわ……)

ぼんやりといちごを見つめていれば、隣からそっと腕《うで》が伸びた。

「姉様もいる?」

「えぇ、ありがとう」

ジョシュアの声で妄想《もうそう》から現実世界に戻ると、渡《わた》されたいちごを受け取った。早速《さっそく》食べ

ると、口の中に甘酸《あまず》っぱい味が広がっていく。思わず笑みをこぼしていると、隣から嬉しそうな声が漏《も》れ出た。

「美味しい……」

チラリとジョシュアを見れば、そこにはこぼれんばかりの笑みを浮かべた天使がいた。

（か、か、可愛すぎるっ……!!）

これは目に焼き付けねばと凝視《ぎょうし》して淑女《しゅくじょ》らしからぬ表情になってしまったが、ジョシュアに気が付かれなかったので問題なしとしたい。比べるわけではないけれど、今目の前にいるジョシュアはスチルのジョシュア様と違《ちが》って、まだまだ可愛らしい義弟《おとうと》だった。

和《なご》やかにいちごを食べていると、オーブンを眺《なが》めていたお母様が私達の方を見た。

「シュアちゃん。夜も遅《おそ》いから、無理に付き合わなくて良いのよ？」

「夜更《よふ》かしパーティーだからですよね。姉様が参加できて、僕が参加できない理由はないと思います」

「それは、そうなのだけど……」

「それにお腹空《なかす》いているので。お母様のケーキ、楽しみにしてますね」

「が、頑張《がんば》るわ……！」

甘いもの好きとしては、ケーキを食べられるのは楽しみなのだろう。ジョシュアはお母様を応援《おうえん》すると、そのままオーブン前へと移動した。お母様と並んでじっとオーブンを眺め始める。

少し経《た》つと、お母様がケーキをオーブンからそっと取り出した。

「イヴちゃん、シュアちゃん……！　成功したわ!!」

「わーっ!!」

「わー、凄い」

二人の子どもはお母様のケーキを眺めながら拍手《はくしゅ》をした。お母様は心底嬉しそうな顔で、ケーキを見つめていた。綺麗な紫色《むらさきいろ》に焼けたスポンジは、焦《こ》げめ一つなかった。満足のいく結果になったので、早速盛り付けを始める。真剣《しんけん》なお母様の邪魔《じゃま》にならない程度に手伝った。

「イヴちゃん、今何時!?」

「あと一時間で日が変わります！」

「た、大変……！　急がないと」

「焦《あせ》らなくても大丈夫ですよ？」

「駄目《だめ》よイヴちゃん！　日が変わった瞬間にお祝いするって決めてるの！」

お母様は私が教えたこだわりを成し遂《と》げたいようだった。真面目な表情だが、声色はいつも以上に楽しそうだった。飾《かざ》りつけは初めてだというのに、お母様の底力で着々と完成に近付く。

（やっぱり凄く器用だよなぁ）

お母様はほとんど出来上がっているのを確認すると、私達にお願いをした。

「イヴちゃん、シュアちゃん。もう少しでできそうなのだけど、飲み物を運んでもらえるかしら」

「もちろんです」

「重いから気を付けてね……！」

こうして無事準備を終えた私達は、生誕祭の開始を迎《むか》えるのだった。


イヴェットとジョシュアは飲み物を持って、一足先にパーティー会場となるオフィーリアの部屋に向かった。

そして、厨房《ちゅうぼう》に一人になったオフィーリアはというと、最後の仕上げに励《はげ》んでいた。

生クリームを使って繊細《せんさい》な飾り付けを無事終えると、オフィーリアは紫に染まったケーキを嬉《うれ》しそうに見つめていた。

「完成……！」

かなり苦労して作り上げたケーキだが、出来映《できば》えは満足できるものだった。

「まだ時間があるから、片付けが先ね」

そう呟《つぶや》くオフィーリアは、使ったものを丁寧《ていねい》に片付けていた。

使わせてもらった厨房なので、綺麗になるように掃除《そうじ》を行っていく。最後に作業台を拭《ふ》いていると、厨房の入り口である暗闇《くらやみ》から声がした。

「……誰《だれ》かいるのか？」

その声は、顔が見えない以上一度で誰か判別するのは難しい。

「すまない、料理長。何か軽食を――!!」

姿を現した背の高い男性。深海のように暗い青色の髪《かみ》は短めに整えられている。髪よりは明るい青色の瞳《ひとみ》を持った端麗《たんれい》な顔立ちをしている彼こそが、ルイス侯爵《こうしゃく》家の当主であり、オフィーリアの夫であるユーグリットだ。

「ユーグリット様……」

自分にしか聞こえないくらいの声で、オフィーリアは呟いた。

厨房へ入ったユーグリットは、オフィーリア、そして紫色のケーキと対峙《たいじ》することになる。

「……え」

まさかそこにオフィーリアがいるとは微塵《みじん》も想像していなかったユーグリットは、驚きのあまり固まってしまった。それでもなんとか声を絞《しぼ》り出す。

「……何を、しているんだ？」

「あ……これは、その。ユーグリット様のお誕生日ケーキを……」

「私の……？」

不思議そうに声を出すユーグリット。そこでユーグリットは初めて明日が己《おのれ》の誕生日であったことに気が付く。

「あぁ……そうだった。もうすぐ誕生日だったな」

「はい……」

ユーグリットの言葉を最後に、二人の間に沈黙《ちんもく》が流れた。しかし、ユーグリットの視線はある一点を見つめていた。

「それは……何だ？」

「あっ。こ、これはケーキです。食べようと思って」

「そうか。料理長に作らせたのか？」

「い、いえ。私が作りました」

ユーグリットが投げかけた疑問に、小さな声で答えたオフィーリア。

思いもよらない回答だったからか、再びユーグリットは固まってしまった。紫色のケーキが受け入れがたかったのか、オフィーリアがケーキを作っていたことが信じられなかったのか、もう一度似たような質問をした。

「……誰が作ったと」

「わ、私です……」

混乱した様子でもう一度確認《かくにん》するユーグリットだったが、同じ答えが返ってきたことでようやく状況《じょうきょう》が理解できたようだった。

「オフィーリアが……!?」

衝撃を受けた様子で、大きな声で反応するユーグリット。対するオフィーリアは、戸惑《とまど》いながらも呼吸を整えていた。

「そうです」

「……そう、なのか」

異様な光景に、ユーグリットは何と言うべきか言葉に悩《なや》んでいる様子だった。続く沈黙にどうしていいかわからなかったオフィーリアは慌《あわ》てて口を開いた。

「あ、あの！　お気になさらないでください!!」

オフィーリアの声に固まるユーグリット。わずかに首を傾《かし》げながら、オフィーリアの方を見続けた。

「このケーキは責任を持って私が食べますし、お祝いも自分の中で収めますので!!」

予想外の発言に、ユーグリットは言葉を失ってしまった。

オフィーリアは、イヴェットの教え通り〝推《お》しの迷惑《めいわく》にならないよう行動する〟ことを実行した。

「あっ、日が変わるわ……！　お邪魔して大変申し訳ございません。私はこれで……!!」

「え……あっ」

ユーグリットが状況を理解しようと努めている間に、オフィーリアはさっさとケーキを持って厨房から足早に出ていってしまった。

「そのケーキは、私に作ったんじゃないのか……？」

厨房には、ユーグリットのどこか困惑《こんわく》した寂《さび》しそうな声が響《ひび》いていた。

私とジョシュアは、お母様の部屋に到着《とうちゃく》した。

日が変わるような時刻であったため、部屋の中にも外にも人はおらず、さすがに侍女《じじょ》も寝《ね》静《しず》まっているようだった。ケーキを作る前に部屋の装飾《そうしょく》は済ませていたので、室内は紫色メインの華《はな》やかなものになっていた。こぼさないようにテーブルに飲み物を置いていく。

「お母様ってさ、姉様のこと大好きだよね」

「えっ」

「そう思わない？」

「……仲は良いと思うわ」

その問いかけは、自信を持って頷《うなず》ける内容ではなかった。なぜなら、お母様の最愛はお父様だから。

（それに……私はお母様から好きだと言われたことないからな）

もしかしたら今よりも幼い頃《ころ》に伝えてくれたのかもしれないが、物心ついて以降は耳にしたことはなかった。けれども自分から聞く勇気はない。関心がないわけではないが、決まった答えが返ってきそうなのだ。それなら曖昧《あいまい》なままが良いと思っている自分がいた。

そんな私の内心はさておき。

「どうしてそう思ったの？」

「いや……だってさ、姉様がお母様に提案していることってあまりにもその……普通《ふつう》じゃないでしょ」

「うっ……」

「でも、お母様は姉様の提案を受け入れて楽しんでる。もちろんお母様自身が興味を持っていた、という考察もできるけど、こんなに変わっていることは、姉様への愛がないとできないと思ったんだ」

ジョシュアの話を聞いて、お母様に対して抱《いだ》いた違和感《いわかん》が膨《ふく》れ上がっていくのがわかった。そしてそれは、知らぬ間に口に出ていた。

「お母様って、あんな人だったんだって思うことがあるの」

「それは僕も思う」

「お父様の背中を追いかけて、愛情表現を絶やさなかった」

「うん」

「でもそれって、お母様なのかしらって」

「……というと」

私の提案を馬鹿《ばか》にせずに乗ってくれたのは、ジョシュアの言う通り私への愛があって付き合ってくれているのかもしれない。興味を持ってくれたのかもしれない。けれどそれでも、腑《ふ》に落ちないことが一つだけあるのだ。

「お母様って、私の話を聞くことにとても乗り気な人……というよりも騙《だま》されやすい人でしょう？　でも突《つ》き詰《つ》めるとお母様は、あまり自分で考えて動いている人には見えないの」

「……確かに」

決して、お母様の人格を否定するわけでも性格に問題があると言いたいわけでもない。

「私にはとても、今までの異常な行動をお母様が自分で行ったとは思えなくて」

「……誰《だれ》かに吹《ふ》き込まれた？」

自分の意思があまり見えないお母様。流されて、乗せられて、騙されやすい人。そんな人が、お父様への愛情が異常に芽生えたところで、多種多様な行動、それも嫌《きら》われるような行動のみを限定的に行うだろうか。

　これはずっと腑に落ちなかったことだ。

　だけど、接してみてわかった。お母様は私と推し活を楽しむ今も、お父様に執着《しゅうちゃく》していた昔も、根本は変わらないのではないかということ。

　その考えから、私の疑いは大きくなった。

「私はその可能性があると思ってる。……というよりも、ほぼそれで間違《まちが》いないかと」

「なるほど。でも納得《なっとく》できるね。誰かに教えてもらったからこそ……吹き込まれたからこそ、あんな行動をしていたんだと」

「ええ。お母様は良く言えば箱入《はこい》り娘《むすめ》だけど言い換《か》えれば世間知らずとも言える」

　それが良い悪い、というよりも利用されてしまった原因なのかもしれない。

（お母様が優《やさ》しいことは、私はよくわかっているから）

　好意の押し付けは、もちろん度が過ぎると喜ばれない。お父様がお母様のことをどう思っているかはわからないが、お母様にもしまだ奇跡《きせき》的にチャンスがあるのなら。私はそれを一緒《いっしょ》につかみたいと思ってしまうのだ。

「過去の行いを消すことはできないわ。それでも、未来を変えることはできる。私はそのお手伝いがしたいの」

　元々は、自分の死を回避《かいひ》するために始めた、かなりぶっとんだ提案だった。けれども今は、その推し活のおかげで、お母様が心の底から笑ってくれている気がするのだ。

「凄《すご》く良いと思うよ」

「ありがとう。……まぁ、私は何があってもお母様の子どもだから。お母様の笑顔《えがお》が見たいと思ってしまうのよ」

「その気持ちはわからなくもないな」

「でしょう？」

箱入りの、世間知らずなお母様。そんな母でも、私にとっては唯一無二《ゆいいつむに》の人だから。

自分だけが死を回避するなら、他《ほか》にも方法はある。けれども、お母様の闇落《やみお》ちを防ぐという選択《せんたく》をした理由は、この言葉が表している。

「つまり私は、お母様が大好きなの」

そう告げると、ジョシュアは私に優しい眼差《まなざ》しを向けた。沈黙《ちんもく》が生まれそうに感じたので、そのまま本心をこぼし続ける。

「もちろん。ジョシュアのことも大好きよ」

「えっ」

お母様もお父様も、そしてジョシュアも、私にとっては大切な家族なのだ。好きにならないわけがない。満面の笑みでジョシュアを見れば、彼は頰《ほお》を赤くさせていた。

「……あ、ありがとう」

喜んでもらえたようで安心した。ジョシュアも同じように考えてくれると良いなと思いながら、私は笑みを深めるのだった。

話題に一区切りつくと、今度はジョシュアから話し始めた。

「そうだ……姉様に伝えたいことがあって。この前お母様が利用する洋装店が気になるって言ってたでしょ？」

「言ってたけど……どうかしたの？」

「実は調べてみたんだ。姉様の懸念《けねん》が当たれば、問題のある洋装店ということになるから」

「そうだったの……!?　まさか調べてくれただなんて」

ジョシュアの調査結果を聞くと、洋装店は真っ黒で、問題のあるお店だった。ドレスを本来の価格よりも高値でお母様に売りつけていたのだ。

「トーマスに頼《たの》んで、二度とルイス家には来ないようにしてもらったよ」

「だから最近見なかったのね……」

お母様が呼ばなかったということもあるが、それでもあの店員なら押しかけてきそうな勢いだった。

「ありがとう、ジョシュア」

「姉様の役に立てたならよかった」

まだ幼いのに大人の疑惑《ぎわく》を暴《あば》くのは凄い。ジョシュアの優秀《ゆうしゅう》さを目《ま》の当たりにしていると、扉《とびら》の向こうからお母様の声が聞こえた。

「イヴちゃん、シュアちゃん！　ごめんなさい扉を開けてもらえる？」

そうだ、お母様はケーキを持っているので両手がふさがっているのだ。急いで二人で扉に向かい開けると、そこには顔をほんのり赤くさせたお母様が立っていた。

「まさか早足で来られたんですか？　大丈夫《だいじょうぶ》ですよ。まだ日にちが変わるまでには……あと五分ですね急ぎましょう」

「い、急がないと!!」

お母様の部屋に置かれた時計を見ながら時間を確認《かくにん》した。それを聞いた瞬間《しゅんかん》、テーブルを目指して、ケーキ両手にすり足で急ぐお母様。その後ろを、子ども二人で追った。

「慌《あわ》ただしいね」

「そういうものなのよ」

何せ、あと五分もすれば推《お》しの誕生日になるのだから。

「えぇと、お花はここに置いて。ケーキは中央、飲み物は隣《となり》で……どうかしら、イヴちゃん！」

「配置は完璧《かんぺき》です!!　推しグッズは持たなくて大丈夫ですか？」

「はっ！　そうだったわ!!　せっかくなら持たないと……！」

「凄いなぁ……」

お母様の両脇《りょうわき》に二人並ぶと、三人でケーキを眺《なが》めた。再び時計を見たところで、ちょうど十二時を迎《むか》えた。

「十二時だわ……！」

「お母様どうぞ、お祝いの言葉を」

この場にお父様はいないが、ケーキの向こう側にお父様がいると想像してお祝いを告げる。

「ユ、ユーグリット様!! 三十二歳のお誕生日おめでとうございます……!! 生まれてきてくださり本当にありがとうございます!!」

「「おめでとうございます」」

私達の熱量はお母様ほどではなく静かなものだったが、心はこもっていた。

「……イヴちゃん」

「はい」

「幸せね。こうやってお祝いできるのは……」

ケーキから視線を外さずに、でも笑みをこぼしたお母様。

「お母様。また来年もお祝いしましょう。次はもっと素敵《すてき》なケーキが作れると思いますよ」

「！」

私としては何も考えないで思ったことを口に出しただけだったので、驚《おどろ》いた表情でこちらを向くお母様に目をぱちくりとさせてしまった。

「そうね、来年も。……来年も一緒にお祝いしてくれる？」

「もちろんですよ」

「シュアちゃんは？」

「参加します」

「……ふふっ。凄く嬉《うれ》しい」

お母様はこの上なく幸せそうに笑みを深めた。

「……あ。イヴちゃん。お祝いした後は自分達で食べて良いのよね？」

「もちろんです」

「味に自信はないのだけど……二人とも食べる？」

「そのつもりで食器借りてきました。三人分」

「シュアちゃん……！」

ジョシュアは余程《よほど》お腹《なか》が空《す》いていたのか、食べる気満々の姿を見せていた。三人で和《なご》やかにケーキを食べ始めたところで、私は気になることをお母様に聞いた。

「そう言えばお母様……扉を開けたとき顔が赤かったですけど、何かありました？」

「あぁ、赤かったですね」

「あっ……」

（もしかして、聞かれたくないことだったかな）

お母様は食べる手をピタリと止めてしまった。しかし、不機嫌《ふきげん》になることなくむしろ恥《は》ずかしそうに教えてくれた。

「じ、実はね……厨房《ちゅうぼう》でユーグリット様にお会いしたの……」

「ええっ!?」

予想もしなかった展開に、私は驚きのあまり立ち上がってしまった。

「お、お母様。お会いしてどうされたのですか？」

「ケ、ケーキを見られてしまったの。それは何かと聞かれたから、ユーグリット様のために作ったケーキと答えてしまったのだけど……今思えば答えるのもご迷惑《めいわく》だったかしら」

「答えるくらいは問題ないでしょう。会話ですから」

「で、でもシュアちゃん！　相手が望んでなければ迷惑よ!?」

「いや、話しかけられていますから……」

冷静なジョシュアの返しにも、お母様は顔を赤くして頬を手で覆《おお》いながら話し続けた。

「で、でもねイヴちゃん。ご迷惑にならないこと。私これを真面目《まじめ》に考えて、ケーキは自分で食べると断言して視界に入らないよう急いで部屋に向かったの……！」

「さ、さすがですお母様！」

考えもしなかった遭遇《そうぐう》に、私も酷《ひど》く動揺《どうよう》しながら返答する。

「……ですがよろしかったのですか？　せっかくお父様と話せる機会だったのに」

不安げにそう尋《たず》ねれば、返ってきた反応は思いもよらないものだった。

「は、話せなかったの……」

「え？」

「ユーグリット様が輝《かがや》きすぎて、美しすぎて……緊張《きんちょう》してしまって話せなかったの!!」

「「……」」

顔をさらに真っ赤にさせたお母様は、ぎゅっと目をつぶりながらそう語った。驚く私とは対照的に、ジョシュアは理解できそうにないという困惑《こんわく》した表情だった。

「久しぶりにお会いしたからかしら。とても神々《こうごう》しく見えて、胸がドキドキしてしまって、話せる状態じゃなかったの」

（お母様が……お父様のファンになってる⁉）

私が口を押さえながらその衝撃《しょうげき》を受けている隣で、理解を諦《あきら》めたジョシュアはケーキを食べることを再開していた。

「お、お母様。それは推しに対する感情としては大正解ですよ」

「そ、そうなの？」

「はい。神々しさを感じるほど推しは素晴《すば》らしい存在です。美しすぎるほど最高な存在です！」

「そうね、そうだわ……！」

「この盛り付けのチョコレート美味《おい》しい」

女性二人で盛り上がる中、ジョシュアは聞くことさえ諦めてケーキを食べていた。

「凄《すご》く嬉しかったわ。久しぶりにユーグリット様とお会いできて。……ほんの一瞬でも、幸せだったの。イヴちゃんありがとう」

「お母様……」

こうしてお母様はまた、推し活のレベルが上がった。そして立派なオタク化している様子を見ると、闇落《やみお》ちから遠ざかっているような気がした。

（でも……これでいいのかしら。推しという感情が芽生え花咲《さ》き始めたけど、そもそもの話、お母様とお父様は夫婦《ふうふ》なのよね）

お母様の〝ユーグリット様を振《ふ》り向かせたい〟という願いは、まだ達成されていない。

私は次の目標を見つけると、達成するための方法を考え始めるのだった。

第三章　助言をくれる友人

今日はお母様が招待されたお茶会へとやって来た。

元々招待を受けたのはお母様だけなのだが、お母様が心配でついて行くことにした。

というのも、お母様が招待状を見ているところに偶然《ぐうぜん》居合わせると、なんとも不安そうな表情をしていたのだ。その様子が気になり、原因を調査すべく「お茶会楽しそう……」と呟《つぶや》いてみれば、お母様から「それなら一緒《いっしょ》に行かない？」という提案を受けたのだった。

(淑女《しゅくじょ》教育は受けてきたけど、いざ実践《じっせん》となると不安だわ……)

しっかりとした社交場に出るのはこれが初めてだったので、少し緊張していた。

娘《むすめ》を連れてのお茶会の参加は、主催《しゅさい》であるキャロライン・デリーナ伯爵《はくしゃく》夫人が快く承諾《しょうだく》してくれた。夫人方が集まるお茶会ではあるものの、かつては子どもを連れて参加された方もいるようだ。お母様に話を聞くと、キャロライン様とは長年の親友で、今日集まる他《ほか》の参加者もお母様と旧知の仲の方ばかりらしい。

「……イヴちゃん」

会場になるデリーナ伯爵家に到着《とうちゃく》すると、馬車を降りる前にお母様から呼び止められた。

「はい、お母様」

「……私、頑張《がんば》るわ」

多くは語らなかったお母様だったが、どこか普段《ふだん》と雰囲気《ふんいき》が異なっていた。加えて、緊張もしているように見えた。

きっと何かをするのだろう。

そう感じ取ると、内容まではわからなくとも自分は味方だというように背中を押した。

「応援《おうえん》しています。大丈夫《だいじょうぶ》ですよ、今のお母様なら」

「イヴちゃん……」

「絶対に成功します。今日は緊張をほぐすためにも、お守り持ってきたじゃないですか」

「そうだったわ……！」

私とお母様は、先日作った推《お》しのグッズを持参していた。

お母様は狼《おおかみ》が刺繍《ししゆう》されたハンカチを、私は青いくまが刺繍されたハンカチをお守りとして持ち歩くことにしたのだ。緊張しているお母様はそのことを思い出すと、さっとハンカチを取り出して見つめる。深呼吸をすると、ほんの少しだけ明るい面《おも》持ちに変わった。

「これで頑張れそうだわ。ありがとう、イヴちゃん」

お母様の感謝に、私は微笑《ほほえ》み返した。

緊張をほぐすと、私達は馬車から降りた。

(ここがデリーナ伯爵邸《てい》か……)

お母様について行くと、今日の会場である庭園が見えてきた。すると、一人の女性がこちらに近付いた。

「オフィーリア！　よく来たわね」

「久しぶり、キャロライン」

「娘のイヴェット嬢《じょう》よね？　いらっしゃい」

「イヴェット・ルイスです。参加の許可をいただきありがとうございます」

「まぁ。挨拶《あいさつ》も完璧《かんぺき》ね。さすがルイス家のご令嬢」

キャロライン様の印象は、とても朗《ほが》らかな人だった。

切れ長の目に通った鼻筋をしており、まとめられた茶髪《ちゃぱつ》と暗めの赤いドレスからは落ち着きと余裕《よゆう》のある雰囲気を感じる。

(お母様……久しぶりの社交場で緊張しているのかしら)

キャロライン様との挨拶では元気そうに振る舞《ま》っていたが、いつもより声色《こわいろ》が少し低く元気がないような気がした。

庭園のお茶会は綺麗《きれい》な会場で、花に囲まれた上に透《す》き通った池まで見える場所だ。快晴という天候が味方したこともあり、とても雰囲気の良い場所だった。

お茶会が始まると、まずはお母様について各所に挨拶をしに回った。

「オフィーリア様、お久しぶりです。お変わりありませんか？」

「お久しぶりです。えぇ、お気遣《きづか》いありがとうございます。本日は娘も来ているのですが、紹介《しょうかい》してもよろしいでしょうか？」

「もちろんです」

お母様から視線で合図をもらうと、私は精一杯丁寧《せいいっぱいていねい》にカーテシーをした。

「娘のイヴェット・ルイスです。よろしくお願いします」

「よろしくお願いします、イヴェット様。とても作法が綺麗ですね」

「あ、ありがとうございます」

まさか褒《ほ》められるとは思わなかったので、純粋《じゅんすい》に嬉《うれ》しくなってしまった。

お母様の友人やお知り合いは皆《みな》良い人ばかりで、子どもだからと煙《けむ》たがる人は一人もいなかった。むしろお母様が娘を連れてきたことに喜ぶ人もいたくらいだ。

「十一歳とは思えないほど、落ち着いていらっしゃるわ」

「えぇ、可愛《かわい》らしい。きっとオフィーリア様のように、淑女の手本になるでしょうね」

少し離《はな》れたご夫人方の会話からも良い評価をもらえた。

（お母様が心配そうにしていたから、居心地《いごこち》の悪いお茶会なのかもしれないと思っていたけど、そんなことはなかったわ）

むしろ雰囲気が良く、ご夫人方はお母様に好意的な視線を向けていた。歓迎《かんげい》されたことがわかると、私の緊張は段々と解けていった。

「皆さんが言うように、イヴちゃんの作法は完璧ね」

「ほ、本当ですか？」

「えぇ、どこに出しても恥《は》ずかしくないほどよ」

（やった！　お母様に褒められた）

もちろんご夫人方に評価されるのは嬉しいことだが、淑女の手本とも呼ばれる公爵令嬢だったお母様に作法を褒められるのは、それ以上に嬉しいことだった。

挨拶を終えると、少しお腹《なか》が空《す》いたのでお母様と一緒に軽食を取ることにした。空いている席があったので、並んで着席する。

提供された軽食はサンドイッチだった。

（サンドイッチ……？　そういえば、サンドイッチに関するジョシュア様のイベントがあったわ……!!）

いわゆる昼食イベントと呼ばれるものなのだが、これは一定数相手の好感度が上がっていないと発生しない。だから、昼食イベントがきたということは、それだけ仲を縮められたという証拠《しょうこ》だった。いちご狩《が》り以降はとにかく話しかけ続けて、認知《にんち》されたところからよく喋《しゃべ》る先輩《せんぱい》まで、ジョシュア様との距離《きょり》を縮めることが発生条件になる。

攻略《こうりゃく》対象者の中で一人だけ後輩《こうはい》ということもあって、好感度上げができる機会が限られている。しかし、いちご狩り以降ジョシュア様との会話で選択肢《せんたくし》を全《すべ》て間違《まちが》えなければ、最短ルートとして夏休み前までに昼食イベントを発生させることができるのだ。

しかもジョシュア様の昼食イベントは、他の攻略対象者と比べて特別仕様になっている。

(他の攻略対象者が一日で終わるイベントを二日かけているから、少し長いところも最高なのよね……!!)


いつも昼食は手作り弁当を持参しているのだが、今日はうっかり持ってくるのを忘れてしまった。幸い学園には学食があるので、昼食抜《ぬ》きはまぬがれた。

王立学園というだけあって、提供される食事はかなり美味《おい》しいと評判だ。多くの生徒が利用する関係で毎日混《こ》んでいる。列に並んだり、席を取ったりと手間な部分もあるので、お弁当を作って持ってくる学生もいた。

注文したメニューを受け取り座ろうとしたが、既《すで》にどこも満席だった。

空席を探していると、突然《とつぜん》呼び止められた。

「……先輩」

声のする方向を振《ふ》り向くと、そこには食堂の隅《すみ》の方で一人食事をしているジョシュア様がいた。

「……席、探してるんですか？」

こちらを見上げるジョシュア様の質問に頷《うなず》くと、彼は自分の正面を指した。

「ここ、座ってください。空いてるので」

淡々《たんたん》とした声に表情筋は動いていなかったが、その提案は間違いなくジョシュア様の優《やさ》しさだった。お礼を告げながらジョシュア様の正面に座り、早速《さっそく》ご飯を食べ始めた。

「先輩は普段も学食なんですか」

その疑問には首を横に振ると、学食は混んでいるのでお弁当派だと伝える。

「……誰《だれ》かと食べているんですか？」

友人と食べることがあるのだが、その子は生徒会所属なので、基本は一人で静かに食べているという事情を話す。

「静かに……いいですね。俺も昼は人のいない場所で食べたいんですけど、いい場所がなくて諦《あきら》めました。幸い、俺の教室は学食に近かったので。まだこっちの方が良い場所を確保できると思って」

そう語っていたが、目を伏《ふ》せて落ち込む様子を見せるジョシュア様。

お弁当を食べる場所はたくさんあるのだが、人が多く賑《にぎ》わっていることが多い。人が少ない場所に限って恋人《こいびと》達がいるので、静かな場所を探すのは難しいことだった。

ジョシュア様の話に相槌《あいづち》を打っていると、選択肢が現れた。

「いい場所を知っているので、良ければ案内しましょうか？」

この台詞《せりふ》を選ぶと、ジョシュア様は視線を上げてこちらを見た。

「いいんですか……？」

座らせてもらったお礼だと告げて頷く。

「ではお願いします。明日《あした》、お弁当を持って来るので、一緒《いっしょ》に食べましょう」

早速明日案内することを約束したところで、昼食を食べ終えた。


翌日の昼休み、ジョシュア様と食堂前で合流した。案内したのは、校舎裏の木陰《こかげ》だった。

「誰もいない……！」

静かに驚《おどろ》くジョシュア様の方をチラリと見上げれば、辺りを見回しているようだった。

前には校舎、後ろには木々とぽつんと置かれたベンチだけ。目を楽しませるものはなく、ひたすら静かな場所だった。

「凄《すご》く理想の場所です。ありがとうございます、先輩」

ジョシュア様は口角を上げながらお礼を告げた。喜んでもらえて良かったと反応する。

ベンチに並んで座ると、手提げバッグの中からお弁当を取り出して昼食を食べ始めた。

「美味しそうなサンドイッチですね」

ジョシュア様の言葉に「自分で作ったから不格好なんだ」という台詞を選択《せんたく》する。

「えっ……手作りなんですか」

首を縦に振ると、ジョシュア様は驚いたようにサンドイッチを見た。するとすぐさまこちらに視線を向けて、真剣《しんけん》そうな表情になった。

「……サンドイッチ、食べたいです」

侯爵《こうしゃく》家の料理人が作る方が美味しいと伝えれば、食い気味に返された。

「先輩が作ったサンドイッチが良いんです」

あげることを選択すると、ジョシュア様は「ありがとうございます」と反応した。サンドイッチを受け取ると、すぐに一口食べてこちらを向いた。

「凄く美味しいです、先輩のサンドイッチ」

安堵《あんど》したところで昼食を食べ始める。今日はどんな授業だったかなどと他愛《たわい》のない会話をしていれば、あっという間に食べ終わってしまった。教室に戻《もど》ろうとベンチから立ち上がれば、ジョシュア様がこちらを向いた。

「こんな素敵《すてき》な場所を紹介《しょうかい》していただき、本当にありがとうございます」

「気に入ってもらえてよかった。私は他《ほか》の場所でも大丈夫《だいじょうぶ》だから、遠慮《えんりょ》なく使ってね」

この台詞を選択すれば、ジョシュア様は固まってしまった。

「えっ」

「……」が流れたかと思えば、ジョシュア様はじっとこちらを見つめた。

「先輩も一緒ですよね……？」

どこか寂《さび》しそうな声色《こわいろ》で、そう尋《たず》ねられるのだった。


でました、これぞ運命の選択肢！

ゲームではこのジョシュア様の問いかけに対して、頷くか断るか選択を求められる。そこで頷けば、晴れてジョシュア様ルートに進むというわけだ。スチルなしのイベントではあるけれど、ジョシュア様と過ごすための最も重要と言えるイベント。

ジョシュア様との間にあった壁《かべ》を少しずつ取り除いて、会話ができるくらいまで距離を縮めた。そして昼食イベントで、ついにジョシュア様からのお誘《さそ》いをもらえるのだ。

（一緒ですよね？　もちろん一緒に決まってるわ!!）

この場面を初めてプレイした時は、とにかく悶絶《もんぜつ》しまくった。「先輩が作ったサンドイッチが良いんです」発言の時もときめいていたが、それを超《こ》えるほど、選択を迫《せま》る発言は破壊《はかい》力が強すぎた。あまりの良さに、当時は友達に熱弁したほどだ。

(それまではクールだったのに、あそこで初めて出る可愛《かわい》さ……うん、最高。それに手作りのサンドイッチを食べてくれるって……もう完全に心開いている証拠よね)

目の前のサンドイッチを見ながら、にやけそうになるのを抑《おさ》えた。

「イヴちゃん、もしかしてお腹空《なかす》いてない？」

「い、いえ！　少し考え事をしていただけです」

お母様の声で現実に戻されると、私はすぐさまサンドイッチを手にした。

「考え事……？」

「は、はい。ジョシュアは元気かなって」

「そうだったのね。やっぱり離《はな》れると寂しいし、気になるものよね」

そうなんですと誤魔化《ごまか》しながら、サンドイッチを口に運び始めた。

一息ついたところで、キャロライン様がやって来た。

「オフィーリア」

「……キャロライン」

「いつものようにお話しましょう」

「えぇ、もちろんよ」

そう笑《え》みを浮《う》かべるお母様だったが、どこか無理をしているように見えた。

「イヴェット嬢《じょう》も一緒にいかが？」

「！」

まさか振られると思わなかったので、驚き固まってしまう。その上、恐《おそ》らくお母様はここで待っているようにと伝えたかったのではないかと推測できたため、答えに悩《なや》んでしまった。

「イヴちゃんも一緒にいいのかしら？」

「もちろんよ！」

好意的な返事をされると、お母様は私の方を向いた。

「……それなら一緒に行きましょう、イヴちゃん」

「は、はい」

お母様の本意とはそれた形になってしまったが、私は大人しくついて行くことにした。

会場の一角に、既《すで》にお母様のご友人方が丸いテーブルを囲むように座っていた。テーブルの空いている席に、お母様と私が並んで座り、その反対側にキャロライン様が座った。

軽い挨拶《あいさつ》を済ませると、私は静かにご友人方の話に耳を傾《かたむ》けた。

「それにしても久しぶりね、オフィーリア。変わりはないかしら？」

「前回欠席したでしょう。体調でも崩《くず》したの？」

「……いいえ。問題ないわ」

お母様が席に着くなり、ご友人方は矢継《やつ》ぎ早に質問をした。

近況報告《きんきょう》から始めたのだが、開始早々雲行きが怪《あや》しくなった。その中で、キャロライン様はお母様にお父様の近況を尋ねた。

「オフィーリア。ユーグリット様はお元気かしら。最近社交界で見かけないから気になって。お忙《いそが》しいの？」

「えぇ。毎日書斎《しょさい》で仕事をされているわ」

「まぁ。体調を崩されないといいのだけど……」

心配そうな表情を浮かべたキャロライン様は、今度はお母様自身に目を向けた。

「オフィーリアは大丈夫？　ユーグリット様とはうまくいってるの？」

「……そうね」

キャロライン様は、心配する声色でお母様に話を振《ふ》った。

「いつものように元気がないと思って……正直、またうまくいってないのでしょう？」

(……お母様はいつもキャロライン様達に恋愛《れんあい》相談をしていたのかしら)

そう思えるような話の内容と雰囲気《ふんいき》だった。

「この前教えた方法は試した？」

(……教えた？)

私はキャロライン様の言葉に何かが引っかかった。

「キャロライン、何を教えたの。私、その時は欠席してしまって」

「そうだったわね。前はね、結婚《けっこん》記念日の過ごし方について相談に乗っていたのよ」

その瞬間《しゅんかん》、私のキャロライン様を見る眼差《まなざ》しが変化する。

「具体的には？」

「まずはなんとしてでもお祝いの席にはユーグリット様に来ていただかないと。だからね、承諾《しょうだく》されるまで手紙を送り続けた方が良いって言ったのよ。お忙しい方でしょう？　一通じゃ忘れられてしまうわ。それに、返事がくるまで諦《あきら》めないことが大事よと」

「オフィーリア、キャロラインの言う通りよ」

キャロライン様の助言に、同意するご友人。

それを聞くと、私の中で怒《いか》りが一気に込み上げてきた。私の考えていた仮説は当たっていたのだ。

（……貴女《あなた》ね。お母様に非常識なことを吹《ふ》き込んだのは）


ずっと、ずっと、ユーグリット様のことだけを見てきた。

一目《ひとめ》惚《ぼ》れをしてから、彼への想《おも》いは深まっていくばかり。でも奥手で恋愛に関する知識もなかった私は、どうすればいいかわからなかった。そこで、親友で侯爵令嬢のキャロラインに相談したのだ。好きな人ができたと。

今思えば、私の選択《せんたく》はここで大きく間違《まち》っていたのだと言える。

「好きな人ができた？　しかもそれがユーグリット・ルイス侯爵《こうしゃく》子息なのね」

「そ、そうなの。私、どうしたらいいかわからなくて」

「そんなのまずは婚約を申し込まないと！」

「こ、婚約？　それはあまりにも性急じゃ」

「そんなことないわ。オフィーリア、貴女も十六歳よ。公爵令嬢なのだからいずれは誰《だれ》かと結婚しなきゃいけないでしょ」

キャロラインは濁《にご》すことなく、はっきりとものを言ってくれる子だった。だからこそ私は徐々《じょじょ》に、キャロラインを頼《たよ》るようになってしまった。

彼女なら正しいことを教えてくれると。

背中を押されたあの日は、すぐさまお父様に婚約ができないか頼《たの》んだ。お父様は娘《むすめ》の私に凄《すご》く甘いため、このお願いはすぐに叶《かな》えてもらえた。

こうして、私が十六歳、ユーグリット様が十八歳の時に婚約が結ばれた。そして私は学園を卒業すると同時にルイス侯爵家に嫁《とつ》いだ。結婚はできたものの、関係は冷めたものだった。当時の私はそれでもユーグリット様に愛されたくて、でもどうしたらいいかわからなかったので、キャロラインに相談し続けた。彼女は親身になって聞いてくれて、その上解決法をたくさん提案してくれた。

「とにかく気持ちを伝えなきゃ駄目《だめ》よ。忘れられてしまう前に、何度もお会いすべきだわ。それは無理やりでもよ」

「オフィーリア。貴女は妻なんだから。ユーグリット様にいつでもお会いできる権利があるわ。それを使わないと！」

「押して駄目なら、さらに押せばいいのよ。そうね、毎日手紙を書いたらどうかしら？」

あの頃《ころ》の私は、それが正しいと信じて疑わなかった。

でも、イヴェットという最愛の娘に導かれた今なら、はっきりとわかる。

キャロラインは親友ではなかったのだと。

イヴちゃんもまた、キャロラインと同様私に解決法を提示してくれた。これもまた普通《ふつう》とは違うのかもしれないが、キャロラインの案とは天地の差があった。それは、私のことを真剣《しんけん》に考えてくれるかどうか。私の意思を見ているかどうかという部分で。

ケーキを持って急いで厨房《ちゅうぼう》を飛び出したあの後。イヴちゃんとシュアちゃんの会話を偶《ぐう》然《ぜん》にも耳にしてしまった。我が子ながら聡明《そうめい》で筋の通った考えに、嫌《いや》でも自分の考えが甘かったことに気付かされた。

（やっぱり……キャロラインが教えていたことは異常だったんだわ。それを何年も信じて……私は救いようのないほど愚《おろ》かね）

私は確かに、イヴちゃんの言う通り〝自分の考え〟というものを持っている人間ではなかった。かなりの心配性《しんぱいしょう》で、よく周りを頼っていた。その上、家族は私のことを大切に育ててくれたが、結果的に〝世間知らず〟になってしまった。

（お裁縫《さいほう》ができても、淑女《しゅくじょ》教育が優秀《ゆうしゅう》でも……私には人を見極《みきわ》める力がなかった。そして、常識さえも身につけられていなかった）

恋愛に関しては無知同然で、だからこそ他《ほか》の人の意見を求めて、求めて、求め続けてしまった。

（自分で考えていれば、違う未来があったのかしら……もう、今更《いまさら》何もかも手遅《ておく》れね）

そう自嘲《じちょう》して深く気分が落ちたところで、一気に引き上げられる言葉が聞こえた。

「……過去の行いを消すことはできないわ。それでも、未来を変えることはできる。私はそのお手伝いがしたいの」

それは娘の、イヴェットの、眩《まぶ》しいくらい輝《かがや》く言葉だった。

（未来は、変えられる。……イヴちゃん）

胸が震《ふる》えて涙《なみだ》が目にいっぱい溜《た》まるのと同時に、顔がさらに赤くなっていく。ただでさえユーグリット様とお会いして真っ赤になった後だというのに。抑《おさ》えようと、落ち着こうとしたその瞬間、イヴちゃんは追い打ちをかけてきた。

「お母様の笑顔《えがお》が見たいと思ってしまうのよ」

こんなにも私のことを考えてくれて、助けてくれて。

あぁ、なんて愛《いと》しい娘だろう。

そう思った瞬間、一筋だけ涙が頬《ほお》をつたうのだった。

(私は、もっと変わらないと)

そう決意して、今日のお茶会へと足を運んだ。キャロラインと縁《えん》を切るという、一つの大きな目的を持って。


お茶会に足を踏《ふ》み入れれば、普段と同じ様子のキャロラインが迎《むか》えてくれた。恒例《こうれい》の相談会をするために、私をいつもの友人達に囲まれた位置に座らせた。

イヴちゃんも一緒《いっしょ》にと言われた時、私は焦《あせ》っていた。本当はイヴちゃんの教育上、大人の悪意が混じった席に座らせるべきではないと考えていたから。けれども、一人放置することもできなかったので、隣《となり》に座ってもらうことにした。

キャロラインを始めとして、テーブルを囲む面々の態度も目線も、全《すべ》ていつも通りなのに、彼女達の態度、声、まとう空気全てが薄《うす》っぺらく感じてしまった。

(……そうだわ。私はもう本当の優《やさ》しさを知っているから)

チラリと隣に座る娘を見ると、心の中が満たされた。私のことを尊重して、思ってくれる。本当の優しさを持った、最愛の娘、イヴェットがいたからわかる。

キャロライン達が笑顔の裏で私を馬鹿《ばか》にしているのだと。

結婚記念日はうまくいったのかと尋《たず》ねるキャロラインは、心配そうにしていた。しかし瞳《ひとみ》の奥には私を見下して楽しんでいるという悪意が感じ取れた。さらに、キャロラインがイヴちゃんを見ているのが目に入ると、私は彼女の思惑《おもわく》に気が付いた。

(……もしかして。私のみっともない姿をイヴちゃんに見せて、それさえも楽しもうとしていたの？)

一つの推察は、キャロラインの姿から現実味を帯びていく。

(容赦《ようしゃ》しないわ)

私が状況《じょうきょう》を冷静に整理する間にも、話は進んでいく。

「そうだわオフィーリア。先日はユーグリット様のお誕生日だったでしょう？　今年こそは一緒に過ごせたのかしら……？」

(会えてないのをわかっているからこそ、私が嘆《なげ》く姿を楽しむために聞いているわね)

こんな人のことを、私は何年も親友と思っていた。そんな自分に情けなくなってしまう。

「そうだったわね。ルイス侯爵は誕生日だったじゃない。どうだったの、オフィーリア？」

「贈《おく》り物は贈った？　ちゃんと捨てられずに受け取ってもらえたのかしら」

「今回もオフィーリアではなく仕事を優先したの？　だとしたら悲しいわね」

次々と期待のこもった眼差《まなざ》しを向けてくる彼女達。私がいつものように、泣き喚きながら絶望した表情をすると期待しているのだろう。彼女達はきっと、いつもそれを楽しんでいた。ようやく友人達の意図に気が付くと、怒りがこみあげてきて手に力が入る。

（こんな姿、イヴちゃんに見せるべきじゃなかった）

後悔《こうかい》を抱《いだ》きながらイヴェットの方に目線を向けると、愛しい娘も同じようにぐっと手に力を入れていることがわかった。

（……イヴちゃん）

それが嬉《うれ》しくて泣きそうになったが、私はどうにか切り替《か》えてキャロライン達に視線を戻した。

「ユーグリット様のお誕生日は、とても素晴《すば》らしい一日だったわ」

お母様は悪意のある質問に動じず、それどころかニッコリと満面の笑みを浮《う》かべた。

「「「え？」」」

そんな回答をされるとは少しも思っていなかったご友人方は、間の抜《ぬ》けた声を出した。

「今年のユーグリット様の誕生日にはね、ケーキをご用意したの」

「ケ、ケーキ？」

「えぇ」

キャロライン様が驚《おどろ》きながらも、なんとか立て直しながら聞いてくる。

「そ、そう。ケーキの有名店に作るよう頼んだのね。素晴らしい贈り物だわ」

「いいえ？　自分で作ったわよ」

「「「はぁ？」」」

ご友人方からすれば予想外の返事なので、あり得ないという表情をしていた。お母様はそんな様子を気にもせず、大げさな反応をして話を続けた。

「やだ、キャロライン。知らないの？　手作りの方が、想《おも》いがこもっていて素晴らしい贈り物なのよ？　だから私は生地《きじ》を焼くところから作ったの。もちろん初めてだったこともあって大変だったけど、凄《すご》く満足のいく仕上がりになったわ」

「……そ、そうなのね。そのケーキを差し上げたのね」

無難な言葉が返ってきたが、もちろんそれは間違《まちが》いだった。

「まさか！　私はルイス家専属の料理人より上手《うま》いわけではないもの。ましてや初めて手作りしたケーキよ？　そんな粗末《そまつ》な物を差し上げたらご迷惑《めいわく》になるでしょう？」

「「「！」」」

さらに大きな声で答えると、キャロライン様達はビクッと肩《かた》を動かした。完全に話の主導権を握《にぎ》っているのはお母様で、ご友人方はひたすら困惑《こんわく》していた。

（……今までお母様を侮《あなど》っていた分、反論されるとは思いもしなかったでしょうね）

お母様が精一杯《せいいっぱい》出した声は、お茶会をそれぞれ楽しんでいるご夫人方にまで届いた。こちらが気になるようで、ちらちらと私達の方に視線を向け、近付く者も現れた。

余裕《よゆう》のある雰囲気《ふんいき》のお母様に対して、困惑と苛立《いらだ》ちで肩が震えるキャロライン様。どちらが優勢かは明らかだった。

周囲に人が集まり出すと、再びお母様が話し始めた。

「そうそう、キャロライン。私貴女《あなた》に教えたいことがあるの」

「……何かしら」

「先程《さきほど》、ユーグリット様のご迷惑になるという話をしたでしょう？　実はね、貴女からもらった助言、試してみて気が付いたのだけど、全て迷惑になるものでしかなかったわ」

「なっ」

お母様から指摘《してき》されるのは気分が良くないようで、キャロライン様は顔を引きつらせた。

お母様はそんなことは気にも留めずに話し続けた。

「キャロライン。貴女の……いいえ、貴女達の助言は本当に役に立たなかったわ」

「な、何ですって……!?」

わなわなと震えながら、お母様の方を睨《にら》むように見るキャロライン様。お母様は怯《ひる》むことなく、淡々《たんたん》とした様子で返した。

「あら、聞こえなかった？　それならもう一度伝えてあげるわ。貴女達の助言に価値はないと言ったの」

「「「!!」」」

ハッキリと断言するお母様。拒絶《きょぜつ》とも取れる言葉に、キャロライン様達は頰を引きつらせた。お母様はそんなことなどお構いなしのように畳《たた》みかけた。

「貴女達の助言を試したけど、何一つ変わらなかったもの。時間を無駄《むだ》にしてしまったわね……」

「オフィーリアっ」

後半は周囲には聞こえないように、ご友人方にだけため息をつきながら伝えた。その態度が気に入らなかったようで、キャロライン様は勢いよく立ち上がった。しかし、お母様は反論を許さなかった。

「キャロライン。押して駄目《だめ》なら押し続けることが大切だと言っていたでしょう？」

覚えていないのか、馬鹿げた助言だと理解しているからか、キャロライン様は反応できずにいた。お母様はそれも気にせず、キャロライン様の方を見上げた。

「押して駄目ならね、推《お》してみるべきなのよ」

「はぁ？　オフィーリア、貴女何を言っているの」

段々と本性《ほんしょう》を現しながら馬鹿にするキャロライン様の隣で、私はご友人方と一緒に驚いていた。

「でも正直、これに関しては私だけが知っていれば良いと思うの。誰《だれ》にも知られたくない、特別な方法だから」

穏《おだ》やかな表情でそう告げると、お母様は視線を私の方に向けた。

私にとって最高の褒《ほ》め言葉を前に、感動で胸が震《ふる》えた。

言い切ったお母様はきらきらと眩《まぶ》しいほどに輝《かがや》いている。それに比べてキャロライン様は、苛立ちを抑《おさ》えながらお母様の名前を呼んだ。

「オフィーリア。お茶会の雰囲気を壊《こわ》すのはやめてちょうだい」

「それは申し訳ないわ。でも私なりの助言よ。あとねもう一つ伝えたいことがあるの。私、もうキャロライン達には相談しないわ」

「!!」

相談しない。それは、金輪際キャロライン様が主催《しゅさい》するお茶会には出席しないという意味だった。

「だからごめんなさいね。私がこの席に座ることは二度とないわ」

ハッキリと縁《えん》を切る発言をしたお母様に、キャロライン様は怒《いか》りのあまり立ち上がって大きな声で抗議《こうぎ》した。

「オフィーリア！　貴女、自分が何を言っているかわかってるの？」

圧をかけるような声にもお母様は動じなかった。それどころか、キャロライン様に冷ややかな目を向けた。

「もちろんよ。それとキャロライン。素敵《すてき》なドレスのお店を紹介《しょうかい》してくれてありがとうね？」

「！」

お母様の発言に驚いたのは、キャロライン様だけでなく私も同じだった。

（……もしかして、ご自分でも調べられたのかな）

つい先日まで、何も気にせずドレスを新調していたお母様。しかし、キャロライン様の助言がおかしいと気が付けたのなら、おのずと洋装店へ怪《あや》しみを抱《いだ》くことにはなる。

「とても素晴らしいお店だったわよ？　売れ残ったドレスを流行と称《しょう》したり、私のために作ったものだと偽《いつわ》って既製品《きせいひん》を売りつけたり。何よりも、それを相場の倍以上の値段で売る商売意欲には驚いて声もでなかったわ。本当に紹介してくれてありがとう。素敵ね、貴女の旦那《だんな》様が運営する洋装店は」

（あのお店、デリーナ伯爵《はくしゃく》が経営していたの……!?）

初めて知る情報に衝撃《しょうげき》を受ける。

ジョシュアから聞いた話よりも、詳細《しょうさい》な話がお母様の口から語られた。やはりお母様は自分で動いていたようだった。

「何を……嘘《うそ》ばかり。貴女がそんな人だとは思わなかったわ」

「あら。嘘ではないわよ？　ルイス家の者が調べた結果ですもの。気になるなら、その結果を後でデリーナ伯爵家にも、皆様《みなさま》にもお送りするわ」

淡々として返すお母様に、ぐっと言葉を吞《の》み込むキャロライン様。

「……私もよ、キャロライン。貴女がそんな人だとは思わなかったわ」

その声は、わずかに悲しさを感じさせる声色《こわいろ》だった。

「正確には、貴女達、ね？」

お母様は突《つ》き刺《さ》すような眼差《まなざ》しで、キャロライン様とその隣《となり》に座るご友人方を見る。彼女達は目を合わせるのを避《さ》けて下を向いてしまった。

「では、キャロライン。私はこれで。……今後貴女達とは、どんな形でもお付き合いすることはないと思うわ」

その言葉を最後に、お母様は席を立った。

「行きましょう、イヴちゃん」

「はい、お母様」

私の名前を呼ぶ声は、キャロライン様達に向けられたものと違い、温かく優《やさ》しいものだった。

少しだけテーブルから離《はな》れたところで、お母様は観客として耳を傾《かたむ》けていたご夫人方に向けて謝罪をした。

「お茶会にご参加の皆様。楽しい雰囲気を壊し、ご不快な思いをさせてしまい大変申し訳ございません。私達はこれで失礼します。ですが、もしよろしければ、後日私が主催するお茶会でお詫《わ》びをさせていただけないでしょうか？　お考えいただければと思います」

あくまでもキャロライン様達以外に向けて、深々とお辞儀《じぎ》をした。

お母様は終始堂々としていた。言葉選び、作法はとても洗練されており、淑女《しゅくじょ》として完《かん》璧《ぺき》な振《ふ》る舞《ま》いだった。お母様がお辞儀をするのと同時に、私も真似《まね》るように頭を下げた。

キャロライン様は反論する言葉が見つからないまま、ただ怒りの形相でこちらを睨みつけていた。

これを最後の挨拶《あいさつ》として、私達は馬車へと向かった。

気が付けばお母様は私の手を取っていた。初めて繋《つな》ぐ手は凄《すご》く温かかった。お母様の顔をチラリと見れば、満たされたような表情をしていた。それを見て、私も胸がいっぱいになる。清々《すがすが》しいまでに青い空は、お母様の成功を祝福するかのようだった。

私は、今日見たお母様の勇姿を一生忘れない。

お母様は御者《ぎょしゃ》に指示を出すと馬車に乗り込んだ。

扉《とびら》が閉まると、お母様はふにゃっと体の力を抜いて座り込み、大きく息を吐《は》いた。

「はあぁぁぁ………緊張《きんちょう》したわ」

「緊張されてたんですか?」

「凄くしていたわ! 震えていたでしょう?」

「全然わかりませんでした。堂々としていて、世界で一番かっこよかったです」

「イヴちゃん……!」

本心を告げれば、お母様は嬉《うれ》しそうに、でも照れたように笑《え》みをこぼした。

「ありがとうイヴちゃん。イヴちゃんが隣にいてくれたから勇気が出たわ」

「私は何も……」

「一緒《いっしょ》に怒《おこ》ってくれたでしょう。しっかりと見ていたわ」

言われてみれば、確かにあの場では終始手に力を入れていたかもしれない。そう思い返していると、お母様は私の手を取った。

「……まだこんなに小さいのね」

そう呟《つぶや》くお母様は、じっと私の手を見つめていた。反射的に私もお母様の手をまじまじと見てしまう。

「お母様の手は意外と大きいんですね。羨《うらや》ましいです」

「そうなの?」

「はい。小さいとグッズ製作をする時、手が疲《つか》れちゃって」

「確かに。私でも疲れるのだから、イヴちゃんはもっとでしょうね」

お母様は納得《なっとく》するような反応を見せたが、突然《とつぜん》泣きそうな声を出した。

「私……イヴちゃんの、娘《むすめ》の手の大きさを知らなかったわ」

「お母様……」

「それに、あんなに上手に挨拶ができて、綺麗《きれい》なお辞儀ができることも」

「れ、練習しました！　たくさん……」

ゆっくりと顔を上げたお母様は、涙《なみだ》を流した。

「……ごめんね。何も知らない母で」

「お母様……」

「ずっと、ユーグリット様のことだけを。本当に言葉通り彼だけを見てきて、イヴちゃんとの時間をおろそかにしてしまったわ。こんなに可愛《かわい》くて、強《したた》かで、聡明《そうめい》で、優秀《ゆうしゅう》な、私の最愛の娘なのに」

「!!」

お母様は涙を流しながら、私の頬《ほお》をそっと撫《な》でてくれた。確かに、お母様が私の頬に触《ふ》れたのは凄く久しぶりの……いや、もしかしたら初めてのことかもしれない。

「イヴちゃん大好きよ。私の自慢《じまん》の娘。でも私はまだイヴちゃんが誇《ほこ》れる母ではないわ」

お母様が今何を想《おも》って、何を考えて、こんなに震《ふる》えている声なのか。私は一つ一つを必死に酌《く》み取ろうとした。確かなことは、お母様は確実に変化し、成長したということだった。

お父様だけを見てきたあのお母様が、今はイヴェットという娘である私のことだけを見ている。信じがたいことではあったが、お母様の揺《ゆ》るぎない眼差しのおかげで、段々と実感が湧《わ》いてきた。

「ずっと、今まで誰《だれ》かの言葉を聞いてその通りに生きてきたの。でも私は、これからイヴちゃんが誇れる母に必ずなるわ。約束する。これは自分の意思よ」

「お母様……」

「一緒に推《お》し活をして凄く楽しかったの。だから、これからも私に教えてくれない？　推しを推すことを」

その言葉を聞いて、今度は私が涙を流す番だった。

お母様の言葉の一つ一つは嬉しいものばかりだった。だからだろう、私の口から本音が出てしまったのは。

「……そうすれば、お母様は生きてくださいますか？」

私の言葉は予想外の返しだったようで、お母様は衝撃を受けて固まっていた。

推し活。それは「押して駄目《だめ》なら推してみろ！」という言葉と共に始まった。しかしこれは、元をたどればお母様の死を、心中を阻止《そし》するために した最初で最後の策でもあった。

これまで私はお母様が闇《やみ》に落ちないよう引き留める努力を続けた。だけどその日々は決して楽なものではなかった。特に、気持ちが。

……ずっと怖《こわ》かった。死というものと隣《とな》り合わせなのが。結婚《けっこん》記念日のお母様は本当に全《すべ》てを失った目をしていたのだ。そこからわずかな光を宿せたのは、未《いま》だに奇跡《きせき》だと思っている。

お母様がこの先心中をしないとは断言できない。確かなことは、ひとまず結婚記念日のあの日に火事が起こることを回避《かいひ》できただけだった。

一度死のうとしたお母様だ。もしかしたらまた、同じ考えになってしまうかもしれないという危機感と不安を抱き続けていた。

私は何があってもお母様の娘であり、お母様が大好きなのだ。

だから生きて欲しい。これから先もずっと。私の成長を見届けてほしいと思うのはわがままなのだろうか。

抱《いだ》いていた小さな苦しみが、どんどん大きくなっていたが、誇れる母になるという言葉が、私の不安を吹《ふ》き飛ばした。

――もう、お母様は死なない？

私が夢見た未来が、実現できるのかもしれない。自分でもぐちゃぐちゃな感情になりながら、涙は止《とど》まることを知らなかった。

少しの沈黙《ちんもく》の後、お母様は私を強く抱《だ》き締《し》めた。私の小さな体は、お母様の腕《うで》の中にぎゆっと収まった。

「……約束するわ。絶対にイヴちゃんを置いて死のうだなんて、二度と考えないと」

その声は、今まで聞いたどんな声よりも力強く意思のこもった声だった。そしてお母様は、泣き止《や》まない私の背中を優《やさ》しくさすった。

「ごめんねイヴちゃん。本当にごめんね」

涙が消えるまで、お母様は私にずっと謝り続けるのだった。

姉様とお母様がお茶会に出かけた。

僕は、屋敷《やしき》の一室で授業を受け終えた後だった。

授業があることで同行することができず、見送ることになってしまった。

(今日の姉様、綺麗だったな)

普段《ふだん》身にまとっているドレス姿も十分美しいのだが、今日の姉様はそれ以上に目を引くほど輝《かがや》いていた。参加者に他家の子息達が含《ふく》まれていたら、絶対に引き止めていた。でも、今日参加する子どもは姉様だけらしい。

一歳しか違《ちが》わないのに、姉様が遥《はる》か遠くを歩いている気がして不安を覚えた。

「……僕も早く社交界に出たい」

決して他家の貴族と交流したいわけではない。ただ外に出ることが可能になれば、今日のように姉様を見送るのではなく一緒に行動することができると思ったのだ。

（姉様、大丈夫《だいじょうぶ》かな）

参加者は全員大人なので、姉様が無理をしていないか心配だった。お母様が一緒であるとはいえ、正直安心はできない。けれども、送り出した時の意を決したような二人の表情を思い出すと、うまくいくよう応援《おうえん》した。

（姉様、お母様。頑張《がんば》ってください）

傍《そば》にいられない以上、こうやって身を案じることしかできない。今の自分は何もできない状況《じょうきょう》だとわかると、悔《くや》しささえ感じた。

（これはわがままかもしれないけど、できることなら姉様をずっと視界に映しておきたい）

そうすればきっと、抱いている不安が払拭《ふっしょく》される。

自分の中で確かな欲が芽生えてきたことを感じていると、ダンッ!!　と大きな物音が聞こえた。気になって部屋から出ると、廊下《ろうか》にお父様の声が響《ひび》き渡《わた》った。

「どういうことだ！」

荒々《あらあら》しい声色《こわいろ》は間違いなく激怒《げきど》しているもので、初めて聞くような声だった。本当にお父様かと疑うほどだ。

何があったのだろうと思いながら、こっそりと書斎《しょさい》へ近付く。

わずかに開いた扉《とびら》の隙間《すきま》からは、お父様が立って誰かと話している様子が見えた。

「トーマス。デリーナ伯爵《はくしゃく》夫人は彼女の古くからの友人だ。それなのにずっと騙《だま》していただと？」

「旦那《だんな》様……残念ながら、そちらに書かれていることは全て事実にございます」

話を聞いてみると、洋装店に関して調査された内容の書類をお父様が見つけてしまったようだった。

「なぜこんなに重要なことを黙《だま》っていた」

「それが……オフィーリア様より旦那様にはお伝えしないよう言われまして」

「オフィーリアが……」

（今日はそのデリーナ伯爵夫人主催《しゅさい》のお茶会。……姉様達を行かせるべきじゃなかった）

ぐっと手に力が入る。悪意を向けてくる人間のお茶会など、どんな危険が潜《ひそ》んでいるかわからない。話を聞く限り、デリーナ伯爵夫人はお母様に嫌《いや》がらせをしていると考えるべきだ。そうなれば、娘《むすめ》である姉様を嫌がらせに利用する可能性だってある。引き留めるべきだったと悔《く》やんでいると、お父様はトーマスに確認《かくにん》した。

「騙し続けている者が主催するパーティーにオフィーリアは参加したのか」

「左様にございます」

「なぜ止めなかった」

「……オフィーリア様のご意志でして」

「……っ」

本来なら不参加でも良いはずのお茶会に、お母様は参加したいと強い意志を示していた。それをわかっていたから、きっと姉様は同行したのかもしれない。

（……姉様、お母様。どうか無事に帰ってきて）

僕は急いで玄関《げんかん》に向かうと、馬車の音が聞こえるまでそう祈《いの》り続けた。

第四章　動き始めた歯車

馬車の中、私はようやく涙《なみだ》が止まって落ち着いた。

帰り道は混雑に巻き込まれたこともあり、予定より帰宅時刻が遅《おそ》くなってしまった。

本音を吐露《とろ》できたこと、お母様を闇落ちから完全に救えたことで、張りつめていた気持ちがようやく緩和《かんわ》された。それと同時に、また一段とお母様との距離《きょり》が縮まった気がする。

チラリとお母様の方を見上げれば、少しだけ曇《くも》り顔になっていた。

「お母様……どうかされましたか？」

不安そうに見上げれば、お母様はハッとした様子で誤魔化《ごまか》すように笑《え》みを浮《う》かべた。何でもないとはぐらかされそうな空気だったので、私はすぐさま切り込んだ。

「何でも聞きますよ！」

「イヴちゃん……」

遠慮《えんりょ》はいらないと目で訴《うった》えかければ、お母様は「ありがとう」と言って寂《さみ》しげな表情を浮かべた。

「キャロラインがね、どうしてあんなことをしたのかわからなくて。少なくとも私は友人だと思っていたから」

悲しさが滲《にじ》んだ声は、切実に理由を探そうとしているようだった。

（お母様にとっては、旧友で親友だったのよね）

私からすれば、キャロライン様がお母様にしたことは到底《とうてい》許せないものだ。しかし、お母様の心中《しんちゅう》は複雑なもので、怒《いか》りと悲しみが混ざっているのだろう。

落ち込むお母様を見ながら、私は一つの仮説を伝える。

「もしかしたらキャロライン様は、お父様に好意を抱いていたのかもしれません」

「キャロラインが……？」

「あくまで推測ではあるのですが、キャロライン様はお父様のことをルイス侯爵《こうしゃく》ではなく〝ユーグリット様〟と呼んでいたので。だとしたら、お父様と結ばれたお母様を妬《ねた》んで、嫌《きら》われるような行動をさせたのかもしれません」

キャロライン様は伯爵夫人で、お父様は侯爵だ。家格が下のキャロライン様は、ルイス侯爵と家名で呼ぶのがマナー。しかし彼女は親しげに名前で呼んでいた。

それに加えて、キャロライン様が助言と称《しょう》してお母様に吹き込んだ言葉は、お父様に嫌われるように仕向けられたものだった。なぜここまでする必要があったかと考えた時、お母様が妬ましかったからという理由が浮上《ふじょう》する。さらに嚙《か》み砕《くだ》くと、自分が好意を抱《いだ》いていた人をお母様にとられたという妬みにも見えてくるのだ。

「確かに……ずっとキャロラインはユーグリット様と呼んでいたわ」

お母様は深く納得《なっとく》するように視線を落とした。

わずかな情報しか持たない私は憶測《おくそく》の域を出ないが、長年傍にいたお母様には、きっと私の推測を裏付けられる理由に心当たりがあるのだろう。

「そう考えると辻褄《つじつま》が合うわ。……キャロラインはきっと、一度たりとも応援をしてくれたことはなかったのね」

寂《さび》しそうに呟《つぶや》いたお母様は、目をつむりながら考えを整理し始めた。少し経《た》つと、ゆっくりと目を開けて私の方に視線を向ける。

「暗い空気にしてごめんなさい、イヴちゃん。でももう大丈夫よ！　納得できたから」

「……それならよかったです」

気丈《きじょう》に振《ふ》る舞《ま》っているだけのように見えたが、大丈夫と言われた手前、追求することはしなかった。親友だと思っていた人物から妬まれ、裏切られたと知ったお母様。私は、心に負った傷が少しでも早く癒《い》えるようにと願った。


混雑していた道を抜《ぬ》けると、ようやくルイス侯爵家に到着《とうちゃく》した。

馬車から降りれば空はすっかり暗くなっており、星が見えるほどだった。

「遅くなってしまったわね。イヴちゃんお腹空《なかす》いたでしょう？」

「正直空きました」

「ふふっ。では夕食を用意してもらいましょうね」

和《なご》やかな雰囲気《ふんいき》で玄関へと向かう。お母様が扉を開けると、意外にもそこにはお父様が立ってこちらを見ていた。

「え……ユーグリット様？」

まさかお父様の出迎《でむか》えがあるとは思わなかった。それはお母様も同じようで、お父様を見るなり固まってしまった。

三人の間に沈黙《ちんもく》が流れる。お父様の表情筋は一切《いっさい》動いておらず、何を考えているかはわからなかったが、お母様が緊張《きんちょう》のあまり言葉を失っていることだけはわかった。

(偶然《ぐうぜん》通りかかっただけなのかな？　でも明らかに玄関の方を見ていたような気が……)

そう考えている間に、お父様の表情がほんの少し動いたのを私は見逃《みのが》さなかった。

(……これは、安堵《あんど》？)

まるで安心したような表情の緩《ゆる》み方は、お母様の帰りを心配していた人にしか見えなかった。本心を正確に推《お》し測ることはできないが、私は緊張するお母様の代わりに子どもらしくお父様に声をかけた。

「わぁ！　お父様、帰りを待っていてくださったんですか？」

「あ……あぁ」

「ありがとうございます……！　お母様、中に入りましょう。外は冷えますから」

「え、えぇ」

ぎこちない二人の雰囲気だが、どうにか場を動かした。お母様に続いて玄関から屋敷《やしき》の中へ入れば、大きな声で私を呼ぶジョシュアがいた。

「姉様！」

「ただいまジョシュア」

「怪我《けが》は？　何もされなかった？」

タタッと私の方に足早に駆《か》け寄ると、心配そうな面持《おもも》ちで畳《たた》みかけられた。

「え、えぇ、どこも問題ないわ」

鬼気迫《ききせま》るような声に驚《おどろ》きながらも、落ち着かせるように頷《うなず》いた。

「よかった……帰りが遅いから心配したんだよ」

「それはごめんなさい。実は帰り道が混《こ》んでいて」

簡単に事情を説明すると、ジョシュアは安堵の息を吐《は》いた。

ジョシュアが焦《あせ》る姿を見たのは初めてのことだったので、衝撃《しょうげき》が抜けないまま彼に無事を伝えた。

私とジョシュアが半日ぶりの再会を喜んでいると、珍《めずら》しくお父様が口を開いた。

「……今から夕食を取るのだが」

（……お父様がお母様を誘《さそ》った!?）

たった一言そう告げただけだったが、しっかりと意図は伝わった。

厳密に言えば私にも向けて言ってくれたのかもしれないが、真っ先に出た感想はそれだった。お父様は仕事が忙《いそが》しい人で、起床《きしょう》が早く、昼は自室にこもり、就寝《しゅうしん》は遅い。生活リズムがあまり合わないこともあって、一緒《いっしょ》に食事をする機会は少なかった。

私はルイス家や領民のために奔走《ほんそう》しているお父様を尊敬している。だからこそ仕事の邪《じゃ》魔《ま》をしてはいけないと、話しかけることは少なかった。その結果、お父様がどんな人なのかよくわからないまま十一年が過ぎてしまったというわけだ。

（寡黙《かもく》で、無表情。あと少し怖《こわ》いような気もする。お母様との仲は冷めていると思ってたけど……もしかしたら違《ちが》うのかもしれないわ）

お父様のお誘いは純粋《じゅんすい》に嬉《うれ》しかったが、お母様はどうだろう。そう気になってお母様を見上げれば、いつの間にか目線が床《ゆか》を向いていた。

（お、お母様がお父様を見ていない！　もしかしたら、お父様の声を聞き逃《のが》したかもしれないわ……！）

焦った私は、お母様の代わりにお父様の誘いを受けた。

「夕食ですか！　実は凄《すご》くお腹が空いていたんです。ね、お母様!!」

「え、えぇ。そうね。……ご、ご一緒させていただきます」

お母様にパスを出したつもりだったが、返ってきたのは小さくぎこちない声だった。

「ということは皆《みんな》で夕食ですね！」

お父様が夕食に誘うという滅多《めった》にない機会を活《い》かすためにも、私はお母様の背中を押した。しかし、お父様とジョシュアが先に食堂に向かう中、お母様は棒立ちをして動かずにいたのだ。

「お母様？」

「よく考えたら、私は同席できないわ……。ユーグリット様に会うのは駄目《だめ》だと思うの」

しまった。そういえば、書斎《しょさい》の突撃《とつげき》訪問を止《や》めさせようと〝当分は会わない〟と決めたのだった。自分の発言に苦しめられるとは思わなかったが、どうにかお母様を説得する。

「ですが今回はお父様から誘ってくださったものです。迷惑《めいわく》にはならないので、今日だけ気にせず食堂に行きましょう」

「でも」

「お母様。鉄則は推しに迷惑をかけない、です。お父様が望まれている場合は問題なしですよ！」

「……そうね。それなら」

お母様に納得してもらうと、私達も食堂に向かうのだった。

お父様がいわゆるお誕生日席に座り、その右側にお母様、左側に私とジョシュアが並ぶ形で座った。

（こうして家族が集まるのは久しぶりだな……）

そう感慨《かんがい》にふけっていると、夕食が運ばれてきた。

お父様は黙々《もくもく》と食事を進めており、お母様は不自然に料理を見ているだけで、顔を上げられないようだった。

（お父様はいつも通り。お母様はいつも以上に緊張している気が……）

ルイス家の家族が揃《そろ》った食卓《しょくたく》は、基本的に静かだ。物心ついた時からそうだったので、ジョシュアが来た時も変わらず黙食だった。幼い頃《ころ》に、お父様が真顔で食事をしている姿に圧を感じて、「おしゃべりは駄目《だめ》なんだ……！」と感じ取ったのが始まりだった。

食事に誘った以上、もしかしたらお父様は何か話したいことがあるのかもしれない。そう期待しながら料理を口に運んでいれば、何事もないまま時間が流れてしまった。

私はそっとお父様を観察することしかできなかったが、一つだけ収穫《しゅうかく》があった。

それは、お父様からお母様に対する嫌悪《けんお》感《かん》が見られなかったことだ。

お父様とお母様が楽しそうに会話をしている姿は一度も見たことはないし、お父様が結《けっ》婚《こん》記念日にお母様と過ごさなかったのは事実だ。だからてっきり、お父様はお母様のことを嫌《きら》っているとばかり思っていた。でも今日のお父様はそんな風には見えなかったのだ。

（もしかして、顔に出にくいだけなのかしら）

無表情かつ口数も少ないことから、娘《むすめ》から見てもお父様は静かな人だと思っていた。かといって厳格というわけでもなく、厳しくされた記憶《きおく》はない。一体お父様はどんな人なのだろうと、改めて興味が湧《わ》いてきた。

もっと観察をしたいと思ったところで食事が終了《しゅうりょう》し、この場はお開きになった。

（結局、誰《だれ》も一言も喋《しゃべ》らなかったな……でも喋れる空気ではなかったわね）

お父様はすぐさま書斎へと戻《もど》り、仕事の続きをするようだった。お母様も今日の疲《つか》れをとるために自室へと向かった。私はというと、ジョシュアに話したいと誘われたので、私の部屋に移動することにした。

向かい合って座ると、早速《さっそく》ジョシュアが口を開いた。

「実は姉様の不在の時、お父様が、洋装店の調査結果を目にしたんだ」

「お父様が……!?」

それはまた予想外な出来事に、私は大きく目を見開く。

ジョシュアはこくりと頷くと、細かく教えてくれた。

「元々僕がトーマスに調査をお願いしていたんだ。それで、お父様の誕生日の後、お母様もトーマスに調査を依頼《いらい》したんだって。調査中でもあったから徹底《てってい》的に調べた結果、デリーナ伯爵《はくしゃく》家が経営していることや、デリーナ夫人が勝手に売れ残ったものを高値で売りつけているという詳細《しょうさい》な悪事までわかったんだ」

「お母様はその調査結果をトーマスから受け取ったのね」

「うん。だけどその時、お母様はトーマスに、お父様には言わないよう伝えたんだって」

お母様がそう告げた理由はすぐに察することができた。

「……心配かけたくなかったんだと思うわ」

「僕もそう思う」

同意するジョシュアに、私は続きを尋《たず》ねた。

「でも、お父様に伝わってしまったのね？」

「うん。今日、お父様が調査結果を見つけたみたいで」

お母様の望みは叶《かな》わなかったが、正直この件はお父様も知っておくべきだとは思った。

「お父様はなんて？」

「デリーナ伯爵夫人がお母様を騙《だま》していたことに怒《おこ》っていたよ。あと、どうして今日お茶会に参加するのを止めなかったのかってトーマスに言ってた」

お父様の反応を聞く限り、二通りの解釈《かいしゃく》ができると思った。

一つは、ルイス家を侮辱《ぶじょく》したとも取れるデリーナ伯爵夫人への怒《いか》りと、騙されている相手にわざわざ会いにいったことへのあきれ。そしてもう一つは、純粋にお母様を心配しての発言。

（今までなら前者じゃないかと考えてたけど……）

今日久しぶりにお父様と接してみて、後者である可能性が高いと考えた。その答えを知るのは、他《ほか》の誰でもない当事者であるお父様だけだろう。

（一度聞いてみるべき……かな）

そんなことを考えていると、ジョシュアの声で現実に引き戻された。

「でも姉様が無事に帰って来てくれてよかった。僕、凄く心配したんだよ」

「ご、ごめんね」

（えっ、可愛《かわい》い）

真っすぐこちらを見る瞳《ひとみ》はもちろん、不安だったと吐露《とろ》するジョシュアの姿が最高に愛らしい天使にしか見えなかった。私が悶《もだ》えそうになっていると、ジョシュアは心配そうな眼差《まなざ》しを送り続けていた。

「姉様。お茶会、本当はどうだったの？　デリーナ伯爵夫人と何かあったよね」

「……えぇ、あったわ」

心を落ち着かせながら、ジョシュアの疑問に答えていく。

「お母様がね、本当に凄かったの」

私は嬉々《きき》として、お母様の戦いをジョシュアに語った。

「それはかっこいいね。……いいな、僕も参加したかった」

「お母様の勇姿、見たかったわよね」

どこかしょんぼりと落ち込むジョシュアに、どうにか言葉を返した。

「それもそうだけど……姉様と一緒にいたかったんだ」

その気持ちが切実なのか、少し泣き出しそうな表情でこちらを見ていた。

私はジョシュアの言葉に衝撃《しょうげき》を受けた。

（……これはもしや、完全に親しくなれた証拠《しょうこ》では!?）

仲の良い姉と離《はな》れると寂《さび》しくなってしまうものだろう。そう考えれば、私はジョシュアの中ですっかり仲の良いお姉ちゃんポジションを獲得《かくとく》したという証《あかし》だった。

（う、嬉《うれ》しい……!!）

喜びと共に、そういうお年頃《としごろ》なのだと義弟《おとうと》であるジョシュアが可愛く映った。

「大丈夫《だいじょうぶ》よ、もう帰って来たから。たくさんお話ししましょう」

「……そうだね」

もう寂しくないよと暗に伝えたが、ジョシュアは嬉しくなさそうだった。

「ジョシュア？」

「……何でもないよ。うん。たくさん話そう」

何か気に障《さわ》ることでもしただろうかと不安を抱《いだ》いたものの、ジョシュアはすぐに笑《え》みを浮《う》かべた。その笑顔は少しぎこちないような気がした。

ユーグリット様との出会いは偶然《ぐうぜん》だった。

学園に入学したての時は、まだ友人もおらずに一人で行動していた。不安になることもあったけど、きっと良い友人ができるはずとどこか楽観的でもあった。

私がユーグリット様と初めて会ったのは、まだキャロラインと出会う前のこと。

それは忘れもしない、私が高等部の一年生だったある日。雨が降っていて雷《かみなり》が鳴りそうな空をしていた。

雷が苦手な私は、本格的に鳴りだす前に帰ろうと急いでいたのだ。それが原因で、階段から足を踏《ふ》み外してしまった。落ちる！　という恐怖《きょうふ》で目をつむった。

しかし足が衝撃を受けることはなく、誰かに受け止められた。

何が起こったかわからず、自分が助けられたことに気が付いたのは地面にそっと下ろしてもらってからだった。

「勝手に触《ふ》れてすまない。怪我《けが》はないだろうか」

「……は、はい。ありがとうございます」

「それなら良かった。雨の日は足元が滑《すべ》るから、気を付けた方が良い」

「は、はい」

助けてくれた人は、何の見返りも求めず、名前すら名乗らずにその場を去ってしまった。

あっという間の出来事だったが、初めて異性に力強く抱《だ》き寄せられた私は、酷《ひど》く動揺《どうよう》した。

状況《じょうきょう》を整理しようにも、頭がこんがらがってしまうばかりだった。

それからというもの、私は恩人が誰なのか気になって仕方なかった。

どうにか調べて、彼の名前がユーグリット・ルイスということを知る頃《ころ》には、私はキャロラインと親しくなっていた。

名前を知っても、臆病《おくびょう》でユーグリット様に声をかける勇気はなかった。けれども視界に入れば自然とユーグリット様を目で追った。そこから私のユーグリット様への想《おも》いが芽生えるのに時間はかからなかった。人脈がなく、ユーグリット様のお名前を知るのにも時間がかかった私に、二歳上のユーグリット様と学園生活を共に過ごす時間はあまり残されていなかった。

そんな焦《あせ》りからも、キャロラインの〝婚約《こんやく》〟という言葉に引き付けられてしまったのかもしれない。

もしも私があの時、キャロラインに相談せずに自分の口でユーグリット様に声をかけられていたなら――。

「ユーグリット様」

「君は……」

「オフィーリア・フォルノンテと申します。ユーグリット様のことをずっとお慕《した》いしておりました。それで――」

「すまない、私は君のことを知らない」

拒絶《きょぜつ》の言葉。しかし、あれほど好きだったのに、ユーグリット様の顔はなぜかぼんやりとしていた。

ユーグリット様にもしもそんなことを言われたら。私は立ち直れない――。

バッ!! とベッドから起き上がった。あまりにも目覚めの悪い夢を見てしまい、心は疲《ひ》弊《へい》していた。カーテンの隙間《すきま》からは微《かす》かに光が差し込んでいるだけで、まだ朝の早い時間であることがわかった。

額に触《さわ》れば、自分が嫌《いや》な汗《あせ》をかいているのがわかった。

「……夢、なのね」

ユーグリット様に想いを伝えても願いは叶わなかった、悲しい夢。胸が苦しくなる。けれども、視界に映るのはルイス家にある私の部屋の天井《てんじょう》だ。見覚えのある光景に、ほっと息を吐《は》いた。

「ユーグリット様……」

夢のようになってしまうのが怖《こわ》くて、ずっと逃《に》げ続けた結果が今に至る。答えを聞くのが怖かった私は、思えばユーグリット様に一度も気持ちを尋ねたことがなかった。

「……夢の中の私は凄《すご》いわ」

たとえ望まぬ答えが返ってこようとも、夢の中の私は伝える努力はしたのだ。

「……臆病ね」

ユーグリット様が好きだから。好きで、好きで仕方なくて。心から愛しているからこそ、拒絶の言葉は聞きたくなかった。明言されれば、それが事実として心に刻まれてしまう。だが逆に、拒絶されなければ、ずっと好きでいられる。

段々と自身に嫌悪感《けんおかん》が増していく。臆病でユーグリット様に気持ちの一つも聞けない自分。その上、キャロラインの指示通り動いていた自分。

こんなにも自身が嫌ならば――変わるべきだ。今よりももっと。

「私は……自分の意思で動くと決めたわ」

後悔《こうかい》しないために、これ以上逃げないために……私は力強く決意した。

「そうと決まれば……ま、まずは練習をしないと」

ベッドから下りてソファーに移動した。ちょこんとクッションを隣《となり》に置いて座ると、私は背筋を伸《の》ばしてクッションを見つめた。深呼吸をすると、言葉を考えながら発する。

「ユ、ユーグリット様。私はユーグリット様のことを……ずっとお慕いして参りました」

しーん。

当然ながら、クッションから返事はない。

「だ、駄目《だめ》だわ。これだと全然緊張《きんちょう》しないわ。クッションじゃ神々《こうごう》しくない……」

しょんぼりしながら、部屋の中を歩き始める。

「ユーグリット様の代わりになるもの……」

もちろん、一番は人を相手にすることだが、さすがにそれは別の意味で恥《は》ずかしすぎる。せめて人ではない何かで見立てられないか。そう思いながらキョロキョロと探してみるが、なかなか見つけられなかった。ふと、真っ白な紙とペンが目に入る。なんとなく意識が吸い寄せられ、ソファーから立ち上がって近付いていく。そして、じっと見つめながら無意識にこぼしていた。

「……描《か》いてみようかしら、ユーグリット様」

翌朝、お母様はどうしているだろうと気になって、部屋を訪ねてみることにした。

扉《とびら》をノックすると、部屋の中からお母様付きの侍女《じじょ》が顔を出した。

「お嬢様《じょうさま》。おはようございます」

「おはよう。お母様はいるかしら？」

「はい。……あっ、ですが何やら作業をされているようで」

「作業？」

「ご様子を確認《かくにん》したところ、絵を描かれているようでした」

侍女の話では、朝起こしに向かった時点で既《すで》にお母様は起きていたのだと言う。ずっと集中して絵を描いているようで、その理由まではわからないということだった。

入室すると、お母様はいつものようにソファーではなく、デスクに向かって一心不乱に絵を描いていた。サイドテーブルには紙が積み上げられており、何枚も描いたのが一目でわかった。サイドテーブルに近付いてその内の一枚を見ると、紙には何か描き直してやめた跡《あと》があった。

(これは……人の顔かな)

なんとなく顔の輪郭《りんかく》だと思った。

私が部屋に入っても、お母様は手を止めずに動かし続けていた。

「……もう少し神々しく」

呟《つぶや》きながら紙とにらめっこをするお母様。気を散らさないように、そっと後ろからお母様の手元を覗《のぞ》き込んだ。その瞬間《しゅんかん》、私は大きく目を見開いた。

（えっ……なんですか、この神秘的かつ魅力的《みりょく》なイケメンは）

　そこにはサイドテーブルにあった絵よりも形になっており、非常に美丈夫《びじょうふ》な男性が描《えが》かれていた。よく観察すれば、特徴《とくちょう》がお父様に似ており、お母様が誰《だれ》を描いているかは明らかだった。

（……実物は寡黙《かもく》で顔は確かに整っている人だけど、お母様の手にかかるとこうも魅力的に進化するのね）

　お母様の画力は間違《まちが》いなく尋常《じんじょう》じゃないほどの腕前《うでまえ》だった。

「お母様……」

　予想外過ぎる才能に思わず声を漏《も》らせば、お母様はビクッとなりながら背筋を伸ばした。そしてバッと勢いよく振《ふ》り向いた瞬間、バッチリと目が合う。

「イ、イヴちゃん……。お、おはよう」

「おはようございます、お母様。それにしても凄いですね」

「ごめんなさい、すぐに片付けるわ！」

「あっ、お気になさらないでください！　それよりもどうぞ、続けてください。是非《ぜひ》」

「えっ」

　作業の邪魔《じゃま》をしてはいけないと思いすぐに背後から離《はな》れれば、お母様は困惑《こんわく》しながらも再びデスクに向き直り手を動かし始めた。

お母様が黙々《もくもく》と作業を続ける中、私はお母様の気が散らないようにそっと離れて、周囲に飾《かざ》ってあった推《お》しグッズを眺《なが》めていた。

「で、できた!!」

声に反応してお母様の方を見た。するとお母様は描いたイラストを掲《かか》げており、そこから絵が完成したのがわかった。

「お疲《つか》れ様です、お母様。見てもいいですか?」

「も、もちろん。少し恥ずかしいけど」

お母様の隣に戻《もど》ると、完成した絵を見せてもらった。

(いや、上手《うま》すぎる!!)

普段《ふだん》のお父様にはこれほど眩《まぶ》しいオーラはないのだが、お母様の手がけた絵には輝《かがや》きが加えられており、良い方向に美化されていた。それは決して誇張《こちょう》ではなく、愛のある表現だった。

(……お母様から見たお父様って、こんな感じなのね)

先程《さきほど》の描きかけの状態から、さらに美しく神々しく仕上がった絵は、言葉を失うほどレベルの高い絵として出来上がっていた。まじまじと眺めていれば、お母様は不安げな声で尋《たず》ねた。

「ど、どうかしら……」

「凄くお上手です。驚《おどろ》きました、お母様が絵もお上手だとは」

「そ、そうなの？」

どうやらお母様は、自分が客観的に見ても絵が上手だということに気が付いていないようだった。

「そうです、とってもお上手です！　誰がどう見ても！」

「イヴちゃんにそこまで褒《ほ》めてもらえると凄く嬉《うれ》しいわ。ありがとう……！」

嬉しそうな声で感謝を告げるお母様は、満足そうな笑《え》みを浮《う》かべた。私は絵をじっくりと眺めてからお母様に返した。

「それにしても凄いですね。ご自分で新たな推し活を始められるとは」

「……え？」

「え？」

てっきり私は、お父様という推しを想《おも》いながら描いた活動だと思っていたので、お母様の疑問の声に逆に驚いてしまう。

「イ、イヴちゃん！　これって推し活なの!?」

「えぇ、そうですよ」

(無意識だったのね。それにしても凄いわ。お母様自身の意思でここまでされたのは)

そう感動しながら、私は推し活の詳細《しょうさい》について語ることにした。

「黒板を取ってきます」

急いで自室の隣室《りんしつ》へと黒板を取りに行き、お母様の部屋へと戻った。既に椅子《いす》が準備されており、お母様はやる気に満ちあふれた表情で黒板の正面に座った。

椅子に乗ると、こほんと咳《せき》ばらいをしてから推し活について話し始める。

「お母様、絵を描かれている時はどのようなことを考えていらっしゃいましたか？」

「もちろん、ユーグリット様のことを」

「それはグッズを作る時と似ていませんか？」

「た、確かに！」

そうなのだ。グッズも絵も、そしてケーキも創作物として一つに括《くく》ることができるのだ。

黒板に〝グッズ〟〝絵〟と書き、二つをイコールで結ぶ。

「ということで、先程の絵を描くことも立派な推し活と言えるのです」

「絵も推し活の一つなのね」

反応を見る限り、推し活とは少しも思わなかったようだ。

「ちなみに、どうして絵を？」

「えっ！　……え、えぇとね。め、目が覚めてしまって」

「昨日の疲れが出てしまったのでしょうか」

なぜか動揺《どうよう》するお母様に不安が過《よぎ》った。

「そうかもしれないわ。良くない夢を見て、その。心を落ち着かせるためにも、かしら?」

「良くない夢……大丈夫《だいじょうぶ》ですか?」

「心配しないで、イヴちゃん。絵を描《か》いたらもう忘れてしまったから」

「それなら良かったです」

どうやらお母様は怖《こわ》い夢を見て、推しに癒《い》やしを求めたようだった。そこで何か新しいことをしようと絵を描いたのだろう。いや、改めて考えると凄《すご》い行動力だ。

「それにしても素晴《すば》らしい出来映《できば》えの絵でした」

「ありがとうイヴちゃん」

「お母様は神絵師を名乗っていいと思います」

「神……絵師?」

初めて聞く言葉にキョトンとした瞳《ひとみ》になるお母様。

その反応を受けて、黒板に〝神絵師〟と書いて、説明を続けた。

「はい、神絵師です。神絵師とは、凄く絵が上手な画家のことを呼びます」

「それが神、絵師」

「そうです」

説明を終えると、お母様は少し考え込んでいた。沈黙《ちんもく》の後に困った顔をしながら私の方を見た。

「……イヴちゃん。私、神絵師という言葉は遠慮《えんりょ》したいわ」

「遠慮、ですか」

「ええ。その、私が神は恐《おそ》れ多いもの」

「なる、ほど」

お母様からすれば神という言葉は負担のようだった。何か他《ほか》の表現がないかと考えていると、お母様は予想外な発言をした。

「それにね、神はユーグリット様でしょう？　ほら、推しは神様って」

「！」

「だから、その。ユーグリット様と同格だなんてなれないわ。それこそ失礼で迷惑《めいわく》にもなってしまう気がして」

「それは……確かにそうかもしれません」

まさかそんなツッコまれ方をするとは思わなかったので、戸惑《とまど》いながらもお母様の視点が新鮮《しんせん》で面白《おもしろ》く感じてしまった。

「つまりはあれですね。〝神〟という言葉を遠慮したいんですよね？」

「ええ、私は名乗れないわ」

「それなら、天才絵師はいかがでしょう」

「て、天才だなんて！　イヴちゃん、恥《は》ずかしいわ！」

(神とほとんど意味変わりませんよ、お母様)

きゃっとなるお母様に心の中でツッコんでしまった。

(でも、これはお母様のこだわりよね。大切にしないと)

そう思いながら、お母様に〝神〟はあまり使わないことに決めた。お母様の推し活を見届けると、私は部屋を後にしてある場所へ向かった。

(お母様、元気そうでよかった)

裏切られたことで酷《ひど》く落ち込んでいるのではないかと、不安になって様子を見に行ったのだが、問題はなさそうだった。それどころか自分の意思で動いている姿を見ることができて、胸が温かくなっていた。

(……私も頑張《がんば》らないと)

ギュッと手に力を入れると、立ち止まった。視線の先には書斎《しょさい》がある。

お母様と関《かか》わって、昨日の夕食の時間を通して、私はお父様のことをあまり知らないことに気付かされた。それなら話すべきだと思い、会うことに決めたのだ。


書斎の扉《とびら》の前に立つ。

ふうっと一呼吸つくと、緊張《きんちょう》しながらノックをした。

「イヴェットです。入ってもよろしいでしょうか」

「……あぁ」

「失礼します」

入室の許可が下りると、恐る恐る扉を開けた。すると、お父様としっかり目が合った。

「どうしたんだ」

「あっ……」

まさか言葉を投げかけられるとは思わなかったため、動揺してしまう。それでもどうにか呼吸を整えて返答した。

「あの。実はお父様とお話ししたくて。後日、時間を作ってもらえないかとお願いしに参りました」

「わかった、それなら今からでも構わない」

「……え？」

思いもよらない返答に、私は間《ぬ》の抜けた声を返してしまった。承諾《しょうだく》されたことも驚《おどろ》きだったのに、それを通り越《こ》して〝今からでも良い〟と返されたことが衝撃《しょうげき》的過ぎた。最悪門《もん》前払《ぜんばら》いまで想定していたので、聞き間違《まちが》いではないかと頭を回転させる。

「イヴェットは今からでも問題ないか？」

「えっ、あっ、はい！」

「そうか。それなら座りなさい」

私が整理するよりも、お父様が尋《たず》ねる方が先だった。困惑《こんわく》したまま、お父様と向き合ってソファーに座ることになった。

「何か飲み物を頼《たの》もう。何がいい？」

「こ、紅茶をお願いします」

「わかった」

私が混乱している間に、お父様は近くの侍女《じじょ》に紅茶を二つ頼んでいた。

「それで、話したいこととは？」

少しの沈黙の後、お父様から問いかけられたことで、ようやく状況《じょうきょう》への理解が追い付いた。話したいと言ったのだ。聞きたいと思っていたことを尋ねなくては。

「……お父様はどうしてお母様と結婚《けっこん》したんですか？」

「！」

予想外の話題だったようで、お父様は目を丸くした。

「どうしてその話が聞きたいんだ？」

そう問い返すお父様は困惑しているものの、声色《こわいろ》は優《やさ》しいものだった。

「私はずっと、お父様はお母様のことが嫌《きら》いなのかもしれないと思ってたんです。でも昨日夕食に誘《さそ》う姿を見たら、もしかしたら違うのかもと感じて……それもあって、お二人が結婚した理由が気になりました」

「そうか……」

　正直に答えると、お父様は先程《さきほど》よりも小さな声で反応した。深く考え込むお父様だったが、あとは態度で話してほしいと訴《うった》えるしかないと考えた私は、お父様のことをこれでもかというほど見つめていた。

「……そんなに気になるのか」

「はいっ」

「……わかった、話そう」

「ありがとうございます！」

（やった!!）

　少し困惑した表情を浮《う》かべたお父様だったが、私のにこにことした笑顔《えがお》を見ると、少し頬《ほお》が緩《ゆる》んだように見えた。

「そもそもの話なんだが、私は恋愛《れんあい》結婚をしているんだ」

「……へ？」

　その瞬間《しゅんかん》、私の中で時が止まった。

　……誰《だれ》が、恋愛結婚だって？

　聞き間違いなんてものではない。きっとこれは幻聴《げんちょう》だ。そう思えるほど、お父様の発言は破壊力《はかい》の強い衝撃的なものだった。

「どうしたんだイヴェット。大丈夫《だいじょうぶ》か？」

お父様は心配そうな声で、突然《とつぜん》静止した私の名前を呼んだ。

口を開けたまま、あり得ないという面持ちでお父様と見つめ合った。そして疑問を消すために、先程の言葉を確認《かくにん》した。

「……お父様は恋愛結婚、なんですか？」

こればかりは聞き間違いだと思った。

「あぁ、恋愛結婚だ。と言っても、そう思っているのは私だけだが……。オフィーリア……お母様にとっては政略結婚だから」

聞き間違いどころか、聞き捨てならない言葉が飛んできた。

あのお母様にとっては政略結婚だなんて、そんなわけがない。

そう言い切れる私は、身を乗り出しながらお父様に尋ねる。

「お父様。不躾《ぶしつけ》なことを聞きますが、お母様との出会いをお聞きしても？」

「か、構わないが」

真剣《しんけん》な眼差《まなざ》しを向けると、お父様は少し戸惑いながらも承諾してくれた。

「学生時代、お互《たが》いに図書室によく通う学生だったんだ。向こうは気が付いてなかったと思うが、私は彼女のことをよく見ていたんだ。淑女《しゅくじょ》の手本として振《ふ》る舞《ま》う彼女だけではなく、本を読んで笑ったり、泣いたり、純粋《じゅんすい》な彼女の姿に惹《ひ》かれたんだ」

そう語るお父様は、どこか懐《なつ》かしそうな表情だった。

「当時様々な家から婚約の申し込みが来ていたんだが、オフィーリアを忘れることができなかった私は、一か八《ばち》かと思って婚約を申し込んだんだ。それが運よくうまくいって、彼女と結婚できたんだ」

いや、違う。うまくいったのではなく、きっと噛《か》み合ってしまったのだ。

お父様が婚約を申し込んだ時期と、お母様が父である公爵《こうしゃく》にお父様との婚約を頼んだ時期が。

以前、お母様から婚約を申し込んだのは自分だという話を聞いたことがある。だからこそ、お父様から聞く話に矛盾《むじゅん》が生まれていることがわかった。お互いが相手に政略結婚をさせてしまったと思い込んでいるとしたら、二人のすれ違いにも納得《なっとく》がいく。

（……お父様も、お母様のことが好きなのね）

何よりも、この事実が私にとって衝撃的だったが、嬉《うれ》しい誤算だった。ただ、一つだけ懸念《けねん》が残る。お父様の今の気持ちはどうなのか、ということだ。尋ねたい気持ちもあったが、これは私が聞くべきことではないと呑《の》み込んだ。

「話の流れで伝えたいんだが」

「は、はい」

「実はイヴェットに婚約の打診《だしん》がきているんだ。話を受けるか受けないか、決めるのはもちろんイヴェットだ。今、婚約について興味はあるか？」

私は今年で十一歳。幼いうちから婚約を結ぶ貴族も少なくない。

突然の話ではあるものの、貴族として婚約について考えたことはあった。お父様の質問にどう答えようか悩《なや》んでいると、扉《とびら》の方からカタッと何やら物音が聞こえた気がした。しかし、お父様は気にしていない様子だったので、聞き間違いかとすぐさま視線を戻《もど》す。

「興味があるかと聞かれると、まだわからないというのが今の心境です。正直、自分が恋愛結婚をしたいのかもよくわからなくて。ただ、わがままを言わせていただくのならゆっくり決めたいというのが本心になります」

家のための婚約をすることに抵抗《ていこう》があるわけではない。もし、お父様が許してくれるのなら、もう少しゆっくりと決めたいというのが本音だった。

（お母様の推《お》し活も続いているし、私自身今は推し活を楽しみたい。それに、ジョシュアがゲームのジョシュア様のような孤独《こどく》を感じないよう、もっと傍《そば》にいてあげたい）

やりたいことが多すぎるために、婚約者に割《さ》ける時間はなさそうだった。

「それなら急ぐ理由はないな。今回は付き合いがあまりない家からもらった話だったから、断っておこう」

「ありがとうございます、お父様」

お父様の優しさをもう一度実感して、頬を緩ませた。

話に一段落がついたところで、紅茶とお菓子《かし》が運ばれてきた。


姉様がお茶会から帰って来た。

聞いていた時間よりもかなり遅《おそ》くまで帰ってこなかったので、凄《すご》く心配した。待っている間は、一緒《いっしょ》に行けばよかったとずっと後悔《こうかい》していたほどだ。書斎《しょさい》でお父様とトーマスが話しているのを聞いた後、ずっと玄関《げんかん》の前で帰りを待っていた。馬車の音が聞こえると、すぐさま窓に駆《か》け寄って外を見つめた。馬車から降りた姉様を見てひとまず安心する。玄関前に戻ろうと思えば、お父様が急いで階段を下りてきた。真顔のまま、扉の真正面で止まる。

（……お父様も心配してたんだな）

表情から読み取れるものは何もなかったが、なんとなくそんな気がした。

玄関から姉様の顔が見えた時はすぐに駆け寄ったが、何事もなくて本当によかった。半日会えなかっただけなのに、凄く寂《さび》しかった。思わず、夕食後に「姉様と一緒にいたかった」と吐露《とろ》してしまった。しかし、返ってきたのは子どもを諭《さと》すような言葉だった。

「大丈夫よ、もう帰って来たから。たくさんお話ししましょう」

大丈夫、そう言われてどこか悲しさを覚えてしまった。

(姉様は、僕と離《はな》れても寂しくなかったのかな)

もしそうならと考えた瞬間、先程抱《いだ》いた悲しさが胸の中に広がっていくのがわかった。姉様の言葉は間違《まちが》いなく義弟《おとうと》をなだめるものだったが、なぜかそれが嫌《いや》だと感じてしまった。

就寝《しゅうしん》時間になり、ベッドに横になる。目を閉じても眠《ねむ》れずに、ただもやもやが浮かんでスッキリしないまま時間だけが過ぎていった。夜が深まる中、僕は一人で晴れない気持ちの答えを探した。


翌朝、気が付けば朝を迎《むか》えていた。

知らない間に寝落《ねお》ちしてしまったようだが、考え事をし過ぎたせいか、頭は重いままで全くさえなかった。

ぼんやりとした意識の中でも、思い浮かぶのは姉様だった。天井《てんじょう》を見つめていると、部屋にノック音が響《ひび》いた。

「はい」

（姉様？）

期待を抱くと、反射的に起き上がって返事をしながら扉の方を見つめた。

「ジョシュアお坊《ぼっ》ちゃま。朝食のお時間です」

「……はい」

侍従《じじゅう》の声だとわかると、落胆《らくたん》しながら答えた。

（馬鹿《ばか》だな。こんな朝早くから姉様が来るわけないのに）

すぐに扉から目線を外すと、ため息を吐《つ》きながらベッドを下りた。呼びに来た侍従に手伝ってもらいながら支度《したく》を済ませると、食堂へと向かった。

食堂の扉の前には既《すで》に姉様がいて、入室するところだった。

「姉様、おはよう」

「ジョシュア！　おはよう」

屈託《くったく》のない笑顔《えがお》と共に挨拶《あいさつ》を返してくれる姉様。いつもと変わらないはずなのに、なぜかいつも以上に嬉しかった。

「あれ？　お母様は」

「まだ寝ていらっしゃるみたいよ。昨日お茶会があったから、疲《つか》れてるんだと思うわ。今日は先に食べましょう」

その提案に素直《すなお》に頷《うなず》いたが、それを聞いて姉様が心配になった。

「姉様は疲れてない？」

「ええ。私は大丈夫《だいじょうぶ》よ」

（ほんとかな……）

昨日は長時間外出し、初めてのお茶会をこなしたともなれば、疲れがたまっていてもおかしくない。姉様はすぐ大丈夫と言うとわかっていたので、注意深く観察して見極《みきわ》める。じっと様子を窺《うかが》っていれば、姉様と目が合った。すると、姉様はクスリと小さく笑みをこぼしたのだ。

「ジョシュア、眼帯が取れそうよ」

「えっ」

そう言うと、姉様は僕の右耳に手を伸《の》ばして紐《ひも》を整えてくれた。一気に近付いた距離《きょり》に、鼓動《こどう》が速くなったのがわかった。

「はい、できた――って、どうしたのジョシュア、顔が赤いわよ！　具合でも悪い？」

「い、いや。大丈夫」

「本当に？」

心配する姉様から、慌《あわ》てて後ずさりして距離を取った。

「あ、暑いだけだから」

誤魔化《ごまか》すように伝えると、姉様は「それならいいけど……」と引いてくれたので、なんとか助かった。

その後は二人並んで朝食をとった。

(よかった。今は姉様と話せるような状態じゃなかったから)

鼓動が速いまま落ち着かないので、静かに食べることに一人安堵《あんど》した。

食事を済ませると、それぞれ自室へと戻った。部屋に到着《とうちゃく》するなり、僕はソファーに座って考え込んだ。胸に手を当ててみると、まだ鼓動はいつもより速かった。

(……なんでまだうるさいんだ？)

その理由がわからないまま、僕の中にあるもやもやはより一層濃《こ》くなってしまった。

午前中は屋敷《やしき》の一角で外部講師の授業を受けた。

数時間の授業を終えて自室に戻る途中《とちゅう》で、遠目から姉様が書斎に入っていくのが見えた。

(姉様が書斎なんて珍《めずら》しいな)

一体どうしたのだろうかと気になったので、書斎の方に近付いた。

わずかに書斎の扉が開いていたこともあって、姉様とお父様が話しているのが聞こえてしまった。お父様は、姉様に婚約《こんやく》の打診《だしん》が来ていると言っていた。

(そんな打診、断ればいいのに)

反射的に、そう強く思ってしまった。姉様の幸せを願っていないわけではないのに。

そんな自分が嫌になって、僕は自室へと逃《に》げ出した。

「なんであんなこと……」

扉にもたれかかりながら疑問を抱いた。昨日から積もっていくもやもやは、一向に晴れる気配がなかった。自分でもどうしてこんな感情になっているのかわからないまま、ただ無心で眼帯に触《ふ》れた。

義弟扱《あつか》いが嫌で、できる限り傍《そば》にいたいと願っていた。そして婚約の打診への嫌悪感《けんおかん》を抱いてしまった。原因を探そうとしたが、思い浮《う》かぶのは姉様だった。

自然と、姉様への想《おも》いを馳《は》せていく。

(……あぁ。そっか、誰《だれ》にも取られたくないんだ)

そこで初めて、自分の中の気持ちがほんの少し晴れた気がした。それと同時にある思いが浮かび上がった。

「……義弟じゃなきゃいいのに」

第五章　推してみた先に

お父様と話してから、一週間が経過した。

私は自室のソファーに座りながら、一人頭を悩《なや》ませていた。

（お母様にすれ違っていたのだという真実を全部話したいけど、それだと今変わろうとしているのに邪魔《じゃま》をすることになってしまう……せっかく自分の意思で動き始めているのに。

……あぁ、でも。何もなしにたどり着ける答えじゃないのよね）

二人は今お互《たが》いのことを勘違《かんちが》いしているわけだが、どこまで介入《かいにゅう》すればいいのかわからなかった。悩み続けた結果、時間だけが過ぎてしまった。思考がぐるぐると頭の中を回って、頭が重くなり始めた。

（駄目《だめ》だ、わからない！）

結局最適解が出ないまま、脳だけが疲れてぐったりとしていると、部屋の扉《とびら》が叩《たた》かれた。

「はい」

「お嬢様《じょうさま》、トーマスです」

急いで扉に駆《か》け寄って開けると、そこには紙袋《かみぶくろ》を抱《かか》えたトーマスが立っていた。

「頼《たの》まれていたものですが、無事ご用意できました」

「……！　ありがとう、トーマス」

紙袋の正体がわかった瞬間《しゅんかん》、私の中から疲れが消え去った。

実は少し前にトーマスに香水《こうすい》を作るための道具を揃《そろ》えられないか相談していたのだ。トーマスから荷物を受け取ると、もう一度お礼を告げてテーブルへ荷物を運んだ。

「ちょうどいいタイミングかもしれないわ！」

行き詰《づ》まっていたところだったので、私は推《お》し活という名の気分転換《てんかん》をすることにした。

（お母様に今度教えられるようにするためにも、まずは自分でやってみよう！）

わくわくしながら袋《ふくろ》から道具を取り出していく。

中にはホホバオイルと精油が数種類入っていた。

香水は前世で一度だけ作ったことがあったので、なんとなく材料を覚えていた。屋敷の図書室で調香《ちょうこう》に関する本を見つけると、材料を書き起こしてトーマスに準備をお願いしたのだった。

「よし、作ってみよう。……あ、その前に換気《かんき》しないと」

複数の種類を作るつもりだったので、窓を開けて風通しをよくしておく。どんなに良い香《かお》りでも、混ざり合うと強い香りになってしまうので、換気は必須《ひっす》だ。

ソファーに座ると、もらった精油を並べて吟味《ぎんみ》し始めた。

ゲームのジョシュア様を思い浮かべながら、香りのイメージを作っていく。前世で作った香水は微妙《びみよう》なクオリティだったので、今世では再挑戦したい。

「やっぱりジョシュア様は甘い系よりも、爽《さわ》やか系よね。……よし、作ってみよう」

私はミントの精油を軸《じく》にして、作ることにした。小瓶《こびん》にホホバオイルとミントの精油を入れて混ぜ合わせていく。

「うーん……ちょっとミントだけだと違うな」

爽やかな香りを目指したのだが、少しミントが強くて鼻に残る香りになってしまった。

「こんなにスースーしてなくていいんだよなぁ」

清涼感《せいりようかん》あふれる香りが出来上がったが、イメージとは少し違った。

「何て言うかな……ジョシュア様はもう少し落ち着いてる香りというか」

今度は推し活で頭を使うことになったが、全く疲労《ひろう》は感じなかった。

そこからは、ミントの精油にシトラス系の精油を入れて調整を始めた。いくつかの小瓶を使って、香りの違いを研究する。

「もう少しレモンの精油……いや、ライムかな」

黙々《もくもく》と作業を続けた結果、三種類ほど作ることができた。

「うん、いい香り」

小瓶を開けて香りを楽しんでいると、あることを思い出した。

（香水……香水！　そういえばジュエラブに香りに関係する最高のイベントがあったわ!!）

それは好感度がかなり高くなると発生するイベントだった。

お弁当を一緒《いっしょ》に食べるという選択《せんたく》をしたことにより、完全にジョシュア様ルートに突《とっ》入《にゅう》した。好感度を上げ続けた結果、親しい先輩《せんぱい》と後輩《こうはい》という距離感《きょりかん》にまで変化したのだが、そこからさらに変化を見せるのが、この香水にまつわるイベントなのだ。


ある日の休日、偶然《ぐうぜん》にもジョシュア様と王都の一角で会った。

「先輩。お一人ですか？」

護衛騎士《きし》が近くにいると伝えて、ジョシュア様は何をしているのか尋《たず》ねた。

「読みたい本があったので、王立図書館に行っていました。今はその帰りです。先輩はどうされたんですか」

今日は香水作りをしに来たと答えた。

「香水……もしかしてこれからですか？」

こくりと頷《うなず》けば、ジョシュア様は食い気味に反応した。

「先輩。よかったら同席してもいいですか」

「もちろん。一緒に作りましょう」

この台詞《せりふ》を選択すると、ジョシュア様と二人で香水を作ることになった。

お店に移動して説明を受けると、すぐに調香を始める。黙々と作業を続けた結果、ジョシュア様と同じタイミングで調香が終わった。

どんな香りを作ったのかという話になると、交換《こうかん》して香りを嗅《か》いでみることにした。

ジョシュア様が作った香水は私のものと全く同じ香りがした。

「……すみません、先輩。せっかくならお揃いにしたいと思って」

ジョシュア様は少しばつが悪そうに目を伏《ふ》せた。

「お揃い、いいですね」

この台詞を選択すると、ジョシュア様は安堵《あんど》したように視線をこちらに戻《もど》した。

「いい香りですよね、この配合」

完成した香りについて、ジョシュア様は感想を述べ始めた。

「優《やさ》しくてほんのり甘い、先輩にぴったりの香りですね」

調香が上手だと褒《ほ》められた後は、香水作りが思いのほか楽しかったという感想を聞いた。

話に一区切りつくと、ジョシュア様は座った状態でこちらに体を向けて、一つお願いをした。

「先輩。これは俺のわがままなんですけど……せっかくのお揃いなので、明日《あした》つけてきてくれませんか？」

少し間を空けると、さらに一言付け加えた。

「先輩と同じ香りをまといたくて」

ジョシュア様の頰《ほお》がほんのりと赤く色付いた。口元は力が入ってるように見え、懇願《こんがん》するような瞳《ひとみ》がしっかりとこちらを捉《とら》えていた。

沈黙《ちんもく》が流れた後、もう一度ジョシュア様は口を開いた。

「駄目ですか？」

♥

良いに決まってるじゃないですか‼

初めてジョシュア様から受けるお願いに、これでもかというほどときめいていた。

まず制服じゃないところに目が行くわけです。紺色《こんいろ》を基調にしたジャケットとズボンは大人びた雰囲気《ふんいき》を醸《かも》し出していて、その立ち絵だけでも心を奪《うば》われてしまった。

ジョシュア様との距離《きょり》が確実に縮まっており、その上お揃いを作りたいと思わせるところまで関係が変化した。ジョシュア様の好感度がＭＡＸに近付いていることを示すイベントだった。

(頬を赤くさせたあのスチル……！　笑顔《えがお》とはまた違う可愛《かわい》さが最高)

ジョシュア様ルートの中でも、ああやっておねだりするのは香水イベントだけなのだ。貴重なイベントかつスチルは、永久保存レベルだった。

「あ……私も香水を作ったんだった」

段々と現実に戻されると、完成した香水《こうすい》と調香用の道具を片付けることにした。

(何となく作り方はわかったから、続きはお母様としよう)

そう判断して片付け終えたところで、再び部屋にノック音が響《ひび》いた。

扉《とびら》に近付くと、顔を見せたのはお母様だった。

「イヴちゃん。今、大丈夫《だいじょうぶ》かしら？」

「もちろんです、お母様」

即答《そくとう》して迎《むか》え入れると、お母様はきょろきょろと部屋の中を見回した。

「なんだかいい香りがするわ」

「さっきまで香水作りに挑戦《ちょうせん》してて」

「香水……！」

「よろしかったらお母様も作りませんか？」

「是非《ぜひ》！　……今すぐ作りたいところなのだけど、実はイヴちゃんにお話があって来たの」

嬉《うれ》しそうに頷いたかと思えば、すぐに真剣《しんけん》な声色《こわいろ》になるお母様。少し戸惑《とまど》ったが、いつものようにソファーに向かい合って座った。お母様は話があるということだったが、私は頭を悩《なや》ませた。お母様にお父様のことをどう伝えるべきか、決めていなかったのだ。

(どうしよう。推《お》し活に夢中で、何を話すべきか結局まとまってないわ)

一人焦《あせ》っていると、お母様は真っすぐな瞳で私を見つめた。

「イヴちゃん。私ね、ユーグリット様の書斎《しょさい》に行こうと思うの」

「えっ」

その発言は、私を大きく動揺《どうよう》させた。

せっかく今まで会わないようにしてきたというのに、さすがに我慢《がまん》の限界なのだろうか。そんな不安が浮上《ふじょう》したが、すぐにそれを否定した。お母様はずっと推し活を極《きわ》めてきた。結果として、自発的に絵を描《か》くという推し活をするほどに。そんなお母様が、理由もなくお父様の下《もと》に行くはずがない。

「何か、目的があるんですね?」

「ええ」

私の問いかけにすぐに頷くお母様。小さく息を吐《は》くと、理由を教えてくれた。

「……イヴちゃん。私、イヴちゃんと推し活する日々は本当に楽しいものだったの。新しい価値観に触《ふ》れて、自分の間違《まちが》いに気が付いて、色々なことを考えるきっかけになったわ」

お母様からこぼれる笑みは、感謝を示しているようだった。

「推すとはどういうことなのか。グッズを作ったり、相手を想《おも》ったり。たくさんの経験をさせてもらったわ。……だからこそ思うの。私は、ユーグリット様と推す人、推される人の関係ではなく、夫婦《ふうふ》になりたいと」

それはお母様がルイス侯爵家《こうしやくけ》に嫁《とつ》いでから……いや、お父様と出会ってからずっと切実に思ってきたこと。ただ違うのは、あの結婚《けっこん》記念日のように愛を渇望《かつぼう》するのではなく、純《じゅん》粋《すい》な願いとして抱《いだ》いているということだった。

（……もしかしたら私は、何も伝える必要はないのかもしれないな）

お母様は私が考えている以上に成長していることが、言葉の端々《はしばし》からわかる。

「実はね私、ユーグリット様にまだ一度も気持ちを伝えたことがなかったの」

お母様は少しだけ目を逸《そ》らすと、ほんのりと頬を赤くして続ける。

「おかしな話よね。でも、怖《こわ》くて、恥《は》ずかしくて、ずっと言えなかった。……逃《に》げていたの。伝えてしまえば、形だけの夫婦という関係でさえ壊《こわ》れてしまうと思って」

ぎゅっと手に力を入れたお母様は、意を決した面《おも》持ちで視線を上げた。

「でもそれも今日で終わりにする」

堂々とした発言は、揺《ゆ》るぎない気持ちがあることを感じさせた。それを受けた私は、今のお母様なら、背中を押すだけで十分だとわかった。

「お母様。応援《おうえん》しております」

「ありがとう、イヴちゃん……！」

お礼を告げるお母様は、どこか緊張《きんちょう》を隠《かく》しているようにも見えた。それでも、今私にできるのは送り出すことだけなので、お母様が書斎に向かうのを見送った。

「……よし、行こう」

ここまで来たら、最後まで見届けるのが筋だ。義務とも言える。

そう正当化しながら、こっそり書斎に向かっていると、途中《とちゅう》で呼び止められてしまった。

「姉様。何してるの？」

振《ふ》り向くとジョシュアが立っており、こちらをじっと見ていた。

私は目が合った瞬間《しゅんかん》固まり、どう誤魔化《ごまか》そうかと考えた。しかし言い訳を考えている時間はないと判断し、素直《すなお》に話した。すると、ジョシュアはすぐに反応した。

「僕も行く」

「ジョシュア、無理に悪いことをしなくていいのよ？　ジョシュアまで怒《おこ》られるのは——」

良くないことをする自覚はあったので止めようとしたが、ジョシュアは首を横に振った。

「ううん。悪いことなら一緒《いっしょ》にしないと」

にやりと笑う姿は初めて見る表情で、不覚にもキュンとしてしまった。

（か、可愛い……！）

今の表情は脳裏《のうり》に焼き付けようと思いながら、ジョシュアと書斎に向かって歩き出した。

（……あれ？）

二人で移動する時、いつもならジョシュアは隣《となり》を歩いているのに、今日は二歩ほど下がって付いて来ていた。私が速く歩き過ぎたかなと思い立ち止まると、ジョシュアも二歩後ろのまま立ち止まってしまった。

「ごめんなさい、ジョシュア。少し歩くのが速かったわよね」

「大丈夫だよ」

振り向いて尋《たず》ねてみたが、どうやら歩幅《ほはば》は関係なかったようだ。

気にし過ぎかと再び歩き始めたが、やはりジョシュアは距離を取ったままだった。

（もしや……不機嫌《ふきげん》、なのかしら）

何かしてしまったかと段々不安が浮《う》かび上がってくる。

（嫌《きら》われた……はないわよね。だとしたら一緒に見届けないでしょうし。足を痛めているわけでもなさそうなのよね）

絶妙《ぜつみょう》に少し離《はな》れているこの距離《きょり》感《かん》の答えが知りたくて、思考をめぐらせる。

（原因は絶対私にあるのよ。今日したことと言えば、推し活……はっ!!）

私は重大なことに気が付くと足を止めた。そしてジョシュアの方に振り向いて謝罪する。

「ごめんなさい、ジョシュア。私の匂《にお》い、きつかったわよね？」

「えっ」

「直接つけてはいないのだけど……苦手な香水だったら申し訳ないわ」

不快にしてしまったことを落ち込んでいると、ジョシュアはそれを否定した。

「全然そんなこと思ってないよ。……むしろ好きな種類の香水かな」

「そうなの？　でも少し後ろを歩いていたから」

「……今日は姉様の後ろ姿が見たかっただけ。ただの気分だから気にしないで」

「そう？　それなら良かった」

いつになくハッキリと断言するジョシュア。

不快な思いをさせていないとわかると、私はほっと息を吐いた。

ジョシュアは私の隣に立つと、そっと袖《そで》を引いた。

「ほら、行こう」

「えぇ」

今度は、いつものように二人並んで歩き出した。すっかり距離感は普段《ふだん》通りのものに戻《もど》っていた。

目的地付近にたどり着くと、お母様が扉の前で立ち止まっているのが見えた。

(わかりますお母様。あの扉叩《たた》くの、異常に緊張しますよね)

共感しながらも、見守ることしかできないので、頑張《がんば》れと念を送った。

少し経《た》つと、決心したお母様が扉をノックした。

お父様から入室の許可をもらうと、お母様はゆっくり足を踏《ふ》み入れた。緊張のせいか、お母様は上手《うま》く扉《とびら》を閉められなかったようで、わずかに隙間《すきま》ができていた。

「姉様。隙間から見られるんじゃない？」

「さすがに覗《のぞ》き見はいけない気がするのだけど……」

「盗《ぬす》み聞きと変わらないよ。それに、僕はまだお母様の勇姿見てないから」

「……それもそうね！」

小声で話しながら小さく頷《うなず》く。私達は隙間からこっそり事の行く末を見守ることにした。

まず見えたのは、背筋を伸《の》ばしたお母様だった。

「ユーグリット様」

「あぁ」

「お話が、ございます。今、よろしいでしょうか」

「……わかった」

緊張しながらもハッキリと伝えるお母様に対して、お父様は無表情のままだった。ひとまずソファーに移動して、二人は向かい合って座った。

「……話、というのは」

慎重《しんちょう》に尋ねるお父様だが、心なしか不安げな表情をしているように見えた。

「は、はい。…………ずっとお伝えしたかったことにございます」

（頑張ってください、お母様！）

思わず息を呑《の》んでしまうほど、お母様の緊張感《きんちょうかん》が伝わってきた。

お母様は一呼吸すると、真剣《しんけん》な眼差《まなざ》しをお父様に向けた。

「ユーグリット様。……私オフィーリアはずっと……ずっと、ユーグリット様を………お慕《した》いしておりました。この気持ちは今も変わることなく、これから先も変わらないです。……どうしてもその想いを、お伝えしたくて」

告白を受けたお父様は、見たことがないほど目を見開いていた。言葉を失ったお父様と、恥ずかしさから少し俯《うつむ》いてしまうお母様。

しばらくの間、沈黙《ちんもく》が流れる。

ようやくお父様が動いたかと思えば、お父様は衝撃《しょうげき》的な発言をこぼした。

「オフィーリアは……私のことが嫌いではなかったのか………？」

返って来た言葉に空気が凍《こお》り付いた。

お母様にとって予想外な答えだったようで、動揺《どうよう》から瞳《ひとみ》が揺れていた。

「ユーグリット様……どうしてそのように思われたのですか」

「あ……オフィーリア、君は……その、毎朝書斎《しょさい》に来ていただろう。何の前触《まえぶ》れもなく」

「あれは、ユーグリット様にお会いしたくて……」

「私に……？」

「はい、ユーグリット様に」

にわかに信じがたいという様子のお父様に、お母様はすぐさま頷いた。するとお父様は考え込んだ後、別の疑問を尋ねた。

「……同じ内容の手紙を何通も送っただろう。その意図がわからなくて。……私の返事などいらないと思ってしまったんだ」

「ごめんなさい、そんなつもりじゃ」

お父様は自身が抱《いだ》いていた疑問を次々と投げかけた。

「それに……大量すぎる贈《おく》り物は、その、私を困らせてやろうとでも思っていたのかと」

「全《すべ》てユーグリット様を想《おも》って選びました……確かに数はおかしかったと反省しています」

常識からかけ離れたアプローチは、却《かえ》って疑いを生んでしまった。嫌われていると捉《とら》えることも、可能な範疇《はんちゅう》かもしれない。

「……最近はその行動が減って、ますますオフィーリアがわからなくなってしまった」

「それは……」

お父様説明させてください、その原因は私です。そう伝えようと、一歩踏み出そうとしたが、ジョシュアに手を引かれた。

「姉様、駄目《だめ》だよ。バレちゃう」

「うっ」

もはや覗き見していたことを怒《おこ》られてもいいから、お父様に事実を伝えたかった。

私が葛藤《かっとう》している間も、お父様は話を続けた。

「嫌われているという思いが強まったのは、ケーキなんだ」

「……え？」

「……すまない、忘れてくれ」

お父様は自分の発言を取り消すように、お母様から視線を逸《そ》らした。対してキョトンとした顔になるお母様。ジョシュアも隣で首を傾《かし》げている。お母様はお父様の言葉の意味を考え込んでいた。すると何か答えにたどり着いたようで、段々と顔色が良くなってきた。

「ユーグリット様。……もしかしてあのケーキを食べたいと思ってくださったのですか？」

「わ、忘れてくれ」

お父様は恥《は》ずかしそうに俯いてしまった。それを見たお母様は、驚《おどろ》いたように目を丸くしていた。

「ユーグリット様。信じられないかもしれませんが、私はユーグリット様を嫌ったことなど、人生で一度もありませんわ」

「人生で、一度も」

「はい。一度もです」

お父様の復唱にお母様は力強く頷いた。

「今まで非常識なことをしてきたと思います。ご迷惑《めいわく》をおかけしましたこと、心よりお詫《わ》び申し上げます」

「オ、オフィーリア。頭を上げてくれ」

深々と頭を下げるお母様に、お父様は困惑《こんわく》しながら反応した。

ゆっくりと頭を上げると、再びお父様の方を見据《みす》えた。

「それ故《ゆえ》に私の想いが届かないのは重々承知です。……なので何度でもお伝えします」

「オフィーリア」

しっかりとお父様を視界に映した上で、お母様はふわりと微笑《ほほえ》んだ。

「私オフィーリアは、ユーグリット様のことを愛しています」

お母様の健気《けなげ》な、そして芯《しん》の強い姿勢は今すぐにでも拍手《はくしゅ》を送りたかった。目を見張る成長は、お母様自身の潜在《せんざい》能力と努力が実った結果だった。

しかし、お父様は言葉を失い困惑した表情を浮《う》かべていた。

「オフィーリアが……私を好きなんて、そんな」

そんなことあり得ない、とでも言いたいような雰囲気《ふんいき》だった。どうやら長い間存在した誤解は、想いを言葉にするだけでは解けないようだ。それを察したお母様は、意を決した面持《おもも》ちで想いを伝えた。

「私はユーグリット様の全てが愛《いと》おしいんです。私が変わった行動をしていても見放すようなことはせずに、夫として居続けてくれた。そんな温かな優《やさ》しさが、私は大好きです」

「オフィーリア」

「ユーグリット様。私はこれから先も生涯《しょうがい》ユーグリット様の隣《となり》に居続けたいです」

「しょ、生涯」

疑念を抱き続けているからなのか、お父様は戸惑《とまど》っているままだった。

恐《おそ》らく、お父様には自分が嫌《きら》われているという思いがあり、好意を素直《すなお》に受け取れないのだろう。その上先程《さきほど》の発言から酌《く》み取れるのは〝嫌われている自分が、オフィーリアに好かれるはずがない〟という考えだ。お母様から告白されている今の状況《じょうきょう》は、お父様にとって混乱しか生まないだろう。

(何か一目見て、自分のことが本当に好きだと納得《なっとく》できる方法はないかしら)

鈍感《どんかん》で、恋愛《れんあい》初心者で、考えすぎてしまって、基本的にマイナス思考のお父様に好意を届ける方法。それが必要だった。

(……スキンシップ、とか?)

手を取って告白したり、抱《だ》き締《し》めたりしながら伝えれば威力《いりょく》は増すだろうか。

(いや、それは負担が大きすぎる。言葉だけの今でさえ、お母様は限界なのに)

赤く染まったお母様の頰《ほお》が何よりの証拠《しょうこ》だった。

(何か良い方法はないの……? お父様の心を動かす方法は)

いい方法が浮かばないことがもどかしくて、思わず手に力を入れてしまった。その時、ジョシュアがポツリと呟《つぶや》いた。

「凄《すご》いね。こんなに積極的なお母様、初めて見た」

積極的。

その言葉が私の頭を物凄《ものすご》い勢いで駆《か》け巡《めぐ》る。

「……押して駄目なら推《お》してみろ」

「姉様？」

それは私がお母様に初めて訴《うった》えた言葉だった。

今でこそ、お母様は推しではなく夫婦《ふうふ》になりたいという気持ちを抱き、それを行動に移している。ただ、そこにたどり着くまでの過程には推し活があった。お母様がグッズを作る時も、寄付をする時も、絵を描《か》く時も、全てはお父様をひたすら想っていたから。想いを形にし続けたお母様。その時間は、決して無駄《むだ》ではなかった。

そう信じて、私は扉《とびら》を勢いよく開けた。

バンッ!!

大きな音が出たおかげか、お母様もお父様も扉の方を反射的に見つめた。

「イヴちゃん、シュアちゃん……!!」

「……どうして二人が」

お母様の頬が最高潮に赤くなっているのはさておき。私はお母様に向かって大きな声で言い放った。

「お母様、押して駄目なら推してみてください!!」

「イ、イヴェット?」

「イヴちゃん」

うちの子が変なことを言っているという雰囲気を醸《かも》し出すお父様とは対照的に、お母様は真っすぐな瞳《ひとみ》で私の名前を呼んだ。

「推し活はご自身の愛の証明ですが、誰《だれ》かに証明することもできます！　ご自身がどれだけお父様を愛しているか、お母様の部屋にはその証《あかし》が詰《つ》まっております!!　今こそそれを使う時です！」

お母様に届くように、私は必死に声を出した。

「押して駄目なら推してみてください、お母様!!　必ず想いを伝えられます……！」

小さな体から出たとは思えないほど大きな声が書斎に響《ひび》いた。終始お父様は困惑の表情でこちらを見ていたが、お母様の瞳は大きく揺《ゆ》れ動いていた。そして理解した瞬間《しゅんかん》、その瞳には輝《かがや》きが宿った。

「そうよね、イヴちゃん！　押して駄目なら推してみるべきよね……!!」

お母様と頷《うなず》き合うと、お母様はすぐにお父様の方を見た。

「ユーグリット様。行きましょう、私の部屋に！」

「オ、オフィーリア⁉」

「さぁ、早く！」

お母様はお父様の手を取って、早速《さっそく》自分の部屋へ向かった。

「ジョシュア、私達も行こう！」

「……うん」

私もジョシュアの手を取って、後を追った。

「これは……？」

室内の様子に驚くお父様は、キョロキョロと辺りを見回していた。

各所にお母様が作り上げたぬいぐるみが置かれており、棚《たな》の上にはハンカチや絵が並べられていた。

「ユーグリット様。私は本当にユーグリット様を想《おも》ってまいりました。その想いを形にしてみたんです」

「形に……？」

「はい。部屋の至る所に飾《かざ》ってあるぬいぐるみや、ここに並んでいる刺繍《ししゅう》入りのハンカチや絵は、実は私が作っていて」

「これをオフィーリアが……？」

お母様が今まで作製したグッズを紹介《しょうかい》すると、あまりの量にお父様は驚《おどろ》くばかりだった。

「これが全《すべ》て、お母様の手作りというのは凄いね」

「お母様の愛の結晶《けっしょう》よ」

興味津々《きょうみしんしん》に部屋のグッズを観察するジョシュアの姿が、なんだか微笑ましかった。

お母様達は壁際《かべぎわ》に移動して、棚にあるグッズを見ていた。

「このぬいぐるみもオフィーリアが作ったのか……？」

「は、はい。どうぞ手に取ってみてください」

お父様はそっとぬいぐるみを取ると、両手で優しく持ち上げた。

「狼《おおかみ》？」

「あ……狼は私がユーグリット様に似ていると思って選んだ動物で」

「私が、狼」

「はい。私の中でユーグリット様は狼のように凛々《りり》しくて、非常にかっこいいところが似ていて。だから選んだのですが……」

「か、かっこいい」

「ユ、ユーグリット様はかっこいいです」

かつてないほどにお母様は積極的だ。その甲斐《かい》あってか、お父様の頬が少し赤くなっていた。

「この刺繍もオフィーリアが」

「はい。まだ不出来ですが」

「これはもう売り物の完成度じゃないか……？」

無意識にこぼれた言葉は、お母様にとって最大の賛辞だった。

「ラベンダー……初めて君に送った花だったな」

「お、覚えていてくださったんですか？」

「もちろんだ」

口元を緩《ゆる》めるお母様。思い出の花をお父様も覚えていてくれたことが、かなり嬉《うれ》しかったようだ。

じっとハンカチを眺《なが》めるお父様は、ラベンダーの刺繍をなぞると口元を緩めた。

（お父様が、笑った……!!）

それを喜ばしいと感じている間に、お父様はお母様の手を掬《すく》い取って向き合った。

「オフィーリア」

「ユ、ユーグリット様」

今度はお父様が真剣《しんけん》にお母様を見つめる番だった。

「オフィーリア。君の想いを疑ってすまない」

「え、えぇと」

「嫌《きら》いな人間のために時間は割《さ》かないし、こんなに手の込んだものは作らないだろう」

「……はい」

誤解が解けたようで、お母様は嬉しそうに頷いた。

「すまない。私が考え過ぎるあまり、君の想いを一つも酌《く》み取れなくて」

「それは……私に非がございますので」

「いや。私も伝えるべきだったんだ」

「え？」

お母様が反応するよりも、お父様が接近する方が先だった。

「オフィーリアが毎日朝書斎《しょさい》に来てくれるのを心待ちにしていたことも、オフィーリアの優《やさ》しい字を見るのが楽しみだったことも、君が毎年くれる贈《おく》り物は心底嬉しかったことも、オフィーリアを苛《いじ》めていた人物が主催《しゅさい》のお茶会に参加して、君が傷ついていないか心配していたことも……全て伝えるべきだった」

「ユ、ユーグリット様!?」

嫌われてしまったかもしれないという不安を抱《いだ》きながらも、お母様への想いは常にあったようだ。お父様の熱のこもった視線に、お母様はどんどん顔を赤くさせていく。

「オフィーリア。私は……いや、私もオフィーリアのことを誰よりも愛してる。この想いは君と出会ってから今日まで、一度も変わったことがないんだ」

「そんなことって」

　お母様は今目の前で起こっている状況《じょうきょう》が信じられないという様子で、お父様を見つめていた。それをわかっているからか、お父様は想いを伝え続ける。

「オフィーリアからすれば、驚くのも無理はないと思う。だから今度は私が、オフィーリアに伝わるまで何度でも言う」

「ユーグリット様……」

「オフィーリア。昔も今も、オフィーリアしか見ていなかったんだ。これから先も、それは変わらない」

　お父様は、お母様を引き寄せて頬《ほお》に触《ふ》れた。

「オフィーリア。私はオフィーリアのことを心から愛してる。この想いは誰にも負けない。……もちろん、君にも」

　これはきっと、最高のプロポーズだ。

　お母様はふわりと笑《え》みを浮《う》かべると、お父様に答えを告げた。

「私も、ユーグリット様のことをお慕《した》いしております。ですのでどうか、これから先も末永く、よろしくお願いします……!!」

　結ばれたことを証明するかのように、二人はそっと抱擁《ほうよう》を交《か》わした。これ以上見続けるのは野暮《やぼ》だと判断した私達は、邪魔《じゃま》にならないようにそっと退室した。

廊下《ろうか》に出てお母様の部屋から離《はな》れ自室へ戻《もど》り始めると、ジョシュアが疑問を直球で投げてきた。

「姉様。おしてみろって何？」

聞かれることを想定していなかったわけではないが、こんなにも真っすぐ尋《たず》ねられるとは思わなかった。

「あとおしかつ？　って言葉もわからなかったんだけど……それをずっとお母様とやっていたの？」

「そうよ」

首を傾《かし》げながら尋ねるジョシュアの疑問はもっともだったので、私はお母様にしたような説明を始めた。

「推《お》し活は陰《かげ》ながら人を応援《おうえん》する活動のことよ。推しとはその対象者を指して、〝おしてみろ〟は簡単に言うと応援しよう、みたいな意味合いね」

「へぇ。じゃあお母様が作ってたグッズっていうのは？」

「あれは、お父様への気持ちを込めながら作っているの。推しグッズっていうのよ。推しグッズを作ることも推し活の一つよ」

「……恋愛《れんあい》と何が違《ちが》うの？」

納得《なっとく》いかない様子で小さく首を傾げるジョシュアに、噛《か》み砕《くだ》いて伝えることにした。

「恋愛は二人が想《おも》い合って恋人《こいびと》になることを指すでしょう？　でも推し活は違うわ。推しと恋《こい》はしないもの。恋をするんじゃなくて、一方的に応援するものよ。ただ見守り、時には想いをグッズにすることで、自分自身も元気がもらえることなのよ」

「それって、推しという相手のことが好きな証拠《しょうこ》だと思うんだけど」

「好意を持つのは推し活をする側だけの話。推し活は想いが一方通行なの。相手に見返りを期待しないからね。両思いになりたいから応援する、ではないわ。ただ純粋《じゅんすい》に、頑張《がんば》ってほしいから応援するのが推し活なのよ。だからそこに恋愛感情は発生しないし、推しは恋愛対象にはならないのよ」

「そっか」

恋愛と推し活の違いがわかるように説明すれば、ジョシュアは段々理解してきたのか、小さく頷《うなず》いた。そしてそのまま考え込んだかと思えば、衝撃《しょうげき》的なことを呟《つぶや》いた。

「じゃあ姉様の推しって婚約者《こんやくしゃ》じゃないんだ」

「……え？」

ジョシュアの口からこぼれ落ちた言葉があまりにも強烈《きょうれつ》過ぎて、一度で理解することができずに固まってしまった。

「ジョシュア、今なんて……？」

聞き間違いじゃないかと尋ねれば今度はジョシュアが驚《おどろ》く番だった。

「……ごめん。もしかして口に出てた？」

「えぇ」

ばつが悪そうな表情になったジョシュアは、目線を落としたまま話し始めた。

「この前書斎の前を通りかかった時、偶然《ぐうぜん》姉様がお父様と婚約の話をしていたのが聞こえたんだ。てっきり姉様は婚約者のことを応援、というか推し活してたのかなって……」

婚約者が推しという、突《つ》っ込みどころがあり過ぎる発言に思考の処理が追い付かない。とにかく事実だけを伝えることにした。

「ジョシュア、何だか色々誤解しているわ。まず、私に婚約者はいないし、推しは婚約者じゃないわ」

「婚約者、まだできてなかったの？」

「そうよ」

私の頷きにジョシュアは目を丸くさせた。少し間が空くと、じっと私を見つめた。

「……それなら姉様の推しは誰《だれ》なの？」

「……!!」

間違った情報を訂正《ていせい》したのだが、よく考えたら聞かれたくない質問に自ら突っ込んでしまったことに気が付いた。

真っすぐな瞳《ひとみ》から冗談《じょうだん》ではないのだと察すると、私は心の中で悶《もだ》えた。

（誰が推しだって？　貴方《あなた》ですジョシュア君。正確に言えば乙女《おとめ》ゲームのジョシュア様が推しなのよ……！　待って。これ本人に言うの？　それはさすがにまずいのでは……!?）

　これほどまでに答えにくい質問は、きっと他《ほか》には存在しない。

　私はどう答えるのが最善か急いで考えた。待たせるのも不審に思われるので、なるべくおかしくならないような表現を探した。

「私の推しはジョシュアよ。ジョシュアのことをね、義弟《おとうと》として凄《すご》く応援しているの」

　これなら本人に言ってもギリギリ気味悪がられないものだろう。どんな反応をされるか不安を抱きながらジョシュアの顔を見ると、あまり嬉《うれ》しくなさそうだった。

「……推しで終わりたくないな」

「そ、そんな」

（まさかの、公式から推すの拒否《きょひ》!?）

　私の胸に衝撃と悲しみが走る。

「ごめん、姉様。応援されるのが嫌《いや》なわけじゃないよ」

「ほ、本当!?」

「うん。応援してもらう分には凄くありがたいから。……それに、この眼帯だって嬉しかったし」

「そ、そうなのね！　よかった……」

よかった、生き甲斐《がい》が消えずに済んだ。

これから先、もちろんジョシュアの成長を見守るわけだが、当然推し活も並行するつもりだったのだ。無事生き延びることができたので、成長したジョシュアの学園生活まで見届けることができる。どんな姿だろうと、ふと考えた時にある疑問が浮かんだ。

(ここは乙女ゲームの世界だけど……ジョシュアはヒロインと結ばれるのかな?)

ジョシュアが幸せになるのならそれで良いはず——。

私が考え込んでいると、ジョシュアが話題を戻した。

「姉様。どうして婚約を断ったの?」

「今は婚約者を作る気はないわ」

「……今は、か」

しかし、ジョシュアはあまり納得していない様子だった。難しい顔をしたかと思えば、私の目をじっと見つめて微笑《ほほえ》んだ。

「いいよ。この先ずっと作らなくて」

「え?」

何を言われたか理解が追い付かずにいると、ジョシュアは私に近付いた。

反射的に後ずさりをすれば、壁《かべ》に追いやられてしまった。するとジョシュアは私の顔の隣《となり》に手を伸《の》ばして、笑みを深めた。

「そのままずっと、僕だけを見ていて」

吸い込まれそうなくらい綺麗《きれい》な瞳に、射貫《いぬ》かれるのだった。


ユーグリット様に想いが届いて安心したのも束《つか》の間で、まさか求めていた答えが返ってくるとまでは思っていなかった。

その言葉の一つ一つを理解するのには時間がかかったけれど、自分の中で整理する度《たび》にどんどん心が舞《ま》い上がっていった。夢を見ているんじゃないかと錯覚《さっかく》するほど、ユーグリット様の言葉は甘いものだった。

愛《いと》しい人から「愛してる」と言われるのは、なんて嬉しいことだろう。

微笑み合う私達はようやくお互《たが》いが好き合っていたことを知った。

「ユーグリット様への想いは強いです。誰にも負けません」

「いや、私も負けないと思う」

「……引き分けにしますか？」

「それも良い案だな」

心の中は幸せ一色で染まっていた。ユーグリット様の優《やさ》しい笑《え》みと視線は、永遠に見ていられた。すると、今度はユーグリット様が私に真っすぐな眼差《まなざ》しを向けた。

「……オフィーリア。想い合っているとわかったからこそ、君に謝罪したいことがある」

「謝罪、ですか？」

「あぁ。結婚記念日のことだ」

その話をされるとは思っていなかった。自分の中で緊張《きんちょう》が走る。

「ずっと、一緒《いっしょ》に過ごそうと手紙をくれただろう。嫌《きら》われているものだと思って、一度も顔を出せなかったんだ。……もっと厳密に言えば、怖《こわ》くて行けなかった。結婚記念日の話はオフィーリアに無理をさせているだけで、本当は一緒に過ごすことを望んでないとさえ思ってしまって。……これ以上は嫌われたくないと思うと、勇気がでなかった」

そう語るユーグリット様の言葉には、少し前の自分が重なった。

（……ユーグリット様もずっと、私と同じ想いだったんだわ）

想っているからこそ嫌われたくなくて、言葉にしたり行動したりできなかった私達は、二人とも臆病《おくびょう》なだけだった。

「ユーグリット様の気持ちはよくわかります。私もそうだったので」

「オフィーリア……その、許してもらえるだろうか」

「許すもなにも、怒《おこ》ってなどいませんよ？　ユーグリット様に嫌われていると誤解させてしまったのは私ですから。……ただ、次の結婚記念日は一緒に過ごしたいです」

「もちろんだ。必ず一緒に過ごそう」

すぐさま頷《うなず》いたユーグリット様の姿を見て、私の心の中に幸福感が広がっていった。

「オフィーリア。私達には圧倒《あっとう》的に会話が足りないと思うんだ」

「私もそう思います」

「きっと……今からでも、空いてしまった時間を埋《う》めるのは遅《おそ》くないはずだ」

「私もユーグリット様とたくさんお話ししたいです……！」

自分の気持ちを伝えることの重要性を、ユーグリット様と話す度に実感する。私達はソファーに移動した。

「ユ、ユーグリット様？」

「どうした？」

（き、気付かれていないのかしら……？）

向かい合って座ると思っていたので、まさかエスコートされた後にそのまま隣に座るとは思わなかったのだ。先程《さきほど》までいた書斎《しょさい》とは状況《じょうきょう》が大きく変わって、見上げればユーグリット様の微笑みがそこにあるという、数十分前までは信じられない状況になっていた。

「すまない、離《はな》れすぎただろうか？」

「えっ」

（ぎゃ、逆ですユーグリット様……！　近すぎるんです!!）

思えば恋愛事《れんあい》に慣れていなかった私は我《われ》に返ってしまい、緊張を取り戻《もど》してしまった。

「あまりこういうのは慣れてなくて……変なところがあったら遠慮《えんりょ》なく言ってほしい」

「いえ！　問題ありません」

(別に離れたいわけではないもの)

せっかく想《おも》い合っていることがわかったのなら、これくらい近くても普通《ふつう》だろう、何せ私達は夫婦《ふうふ》なのだから。そう思い直すと、頬《ほお》に恥《は》ずかしさを残しながらもユーグリット様の方を改めて見上げた。

甘いひと時を過ごすと、ユーグリット様は「少しだけ真面目《まじめ》な話をしても良いだろうか」と尋《たず》ねられたので、私はすぐに頷いた。

「実は洋装店に関する調査報告書を見つけて、確認《かくにん》したんだ。……すまない、オフィーリアは口止めしていたようだったが」

(報告書を……！)

ユーグリット様が洋装店について知っていたことに驚《おどろ》きを隠《かく》せなかった。

自分でどうにか解決しようと動いていた件だったので、ユーグリット様の時間を奪《うば》ってしまったことに謝罪をする。

「私の方こそ申し訳ありません。ユーグリット様に迷惑《めいわく》をかけてしまって――」

「迷惑なはずがない。オフィーリアを守ることが、夫である私の役目だ」

私の言葉は途中《とちゅう》で遮《さえぎ》られ、ユーグリット様はハッキリと言い切った。それが嬉《うれ》しくて、また頬が熱くなる。

「……ありがとうございます、ユーグリット様」

小さく頭を下げてお礼を伝えると、ユーグリット様は穏《おだ》やかな笑みで受け取ってくれた。そしてそのまま話を続ける。

「報告書を見る限り、デリーナ伯爵《はくしやく》夫人に違和感《いわかん》を覚えた。だからデリーナ伯爵夫人について調べたんだが――」

「ユーグリット様が……!?」

今度は私が言葉を遮る番だった。まさかユーグリット様がキャロラインの件で動いているとは思いもしなかったのだ。

「あぁ。彼女はオフィーリアを危険に晒《さら》す人物ではないかと調べていたんだ。オフィーリアを守るために。そして、すぐに動けるように」

（ユーグリット様が、私を守るために……）

真剣《しんけん》な声色《こわいろ》で語るユーグリット様の言葉が心に強く響《ひび》いた。そこまで私のことを考えてくれていたことが純粋《じゅんすい》に嬉しくて、胸の中には喜びが広がっていた。

「ありがとうございます……！」

向けられる眼差しは温かく優しいもので、自然と口元が緩《ゆる》んだ。私の笑顔につられてか、ユーグリット様の口角も上がっていた。

「調査結果なんだが、先日の茶会以降、デリーナ伯爵夫人は社交界でオフィーリアの評価を不当に下げているということだった。悪意のある噂《うわさ》を流したり、オフィーリアに貶《おとし》められたと言ったり。他《ほか》にも、オフィーリアのせいで私との仲が非常に悪いなどと、好き勝手吹聴《ふいちょう》しているようだ」

「ユーグリット様。これに関しては私が原因です……先日参加したお茶会で、キャロラインに縁《えん》を切ると言ってしまったので」

お茶会で何があったのか、事細かに説明した。

「逆恨《さかうら》みだな。オフィーリアが注意したというのに、謝罪をするどころか評判を下げるとは」

「……このまま放置したくはありません」

散々馬鹿《ばか》にした挙げ句、今度は評判を下げるという悪質な行為《こうい》。私は怒《いか》りがこみ上げてきて、手に力が入った。すると、ユーグリット様が私の手にそっと自分の手を重ねた。

「当然、見過ごすわけにはいかない」

ユーグリット様の言葉に力強く頷いた。

そうと決まれば早速《さっそく》動くべきなのだが、何が効果的かわからなかった。

「どうしましょう……まずは社交界に顔を出した方がいいですよね」

「噂の火消しは必須《ひっす》だな」

お茶会から一週間以上経過しているので、噂はかなり広まっているだろう。

(ありとあらゆるパーティーに出席すれば、火消しはできるかしら……)

パーティーや夜会等の社交場には必要最低限しか顔を出していなかったので、どうすれば火消しがうまくいくか想像ができなかった。頭を悩《なや》ませていると、隣《となり》で考え込んでいたユーグリット様が、何か思いついたように顔を上げた。

「オフィーリア、一つ案があるんだが」

「なんでしょう」

「ルイス家《うち》が主催《しゅさい》のパーティーを開催するのは、どうだろう？　招待客を多く呼べば、一度に噂の火消しができる」

ありがたい提案だが、一つだけ気になることがあった。

「よろしいのですか？　ユーグリット様はあまりパーティーを開くのが好きではないのでは」

「頻繁《ひんぱん》に開催する意味がないと思っているだけなんだ。オフィーリアのためなら、何度でも主催する」

その言葉に、キュンと鼓動《こどう》が弾《はず》む。

「ありがとうございます。お願いしてもよろしいでしょうか」

「もちろんだ」

ユーグリット様の優《やさ》しさと配慮《はいりょ》に、私はじんわりと胸が温かくなっていった。

パーティーの開催が決まったので、そのまま日程やパーティー内容を決めた。

その中でも、私は一つお願いしたいことがあった。

「……ユーグリット様。今回のパーティー、キャロラインを呼んでもよろしいでしょうか」

「私は構わないが……デリーナ伯爵夫人は来るのだろうか」

「必ず来ます。今キャロラインは自分の評価を取り戻そうと必死です。普通なら、虚実《きょじつ》が明らかになることを恐《おそ》れて参加しませんが、彼女は私を侮《あなど》っていますから」

キャロラインのことだ。むしろパーティーを乗っ取って、自分の都合が良いように振《ふ》る舞《ま》うことさえ考えるかもしれない。

「だからこそおびき寄せて、事実を皆様《みなさま》に伝えられればと」

「なるほど。素晴《すば》らしい算段だな」

「あ、ありがとうございます」

他の誰《だれ》でもないユーグリット様に評価されるのは、本当に嬉しいことだった。

「そんな強《したた》かなところも好きだ」

そう言うユーグリット様は、照れた笑《え》みを浮《う》かべて頬もほんのり赤く染まっていた。

まさか甘い言葉が降って来るとは思わず、不意打ちを食《く》らった私は、顔を真っ赤にして

しまう。その頰にユーグリット様がそっと触《ふ》れた。

「……赤いな」

「お、お揃《そろ》いです……！」

「ははっ、お揃いか。やっぱりオフィーリアは可愛《かわい》い」

「か、可愛い」

「あぁ。…………抱《だ》き締《し》めても？」

「えっ、あ、は、はい……」

ユーグリット様に抱き締められると、私もそっと腕《うで》をユーグリット様の背中に回した。

想い合った抱擁《ほうよう》は今日一番恥ずかしくて……幸せだった。

キャロライン・デリーナ。

オフィーリアとは長年の友人だった。何でも私の思い通りに動く最高の親友、それがオフィーリアだったのだ。

今まであんなに私の言うことを、これでもかというほど信じて従ってきたというのに。

それなのに、突然《とつぜん》お茶会でオフィーリアは反抗《はんこう》を始めた。

（私に盾突《たてつ》くだなんて……オフィーリアの癖《くせ》に！）

私と同年代の公爵令嬢《れいじょう》はオフィーリアのみだった。それ故《ゆえ》、彼女はおのずとご令嬢達の中心になっていた。だからオフィーリアを利用した。

（余計な知恵《ちえ》を増やさないために、囲っていたのに……！）

それなのに、お茶会であんな仕打ちを受けるとは思いもしなかった。おかげさまで私の評価は下がる一方。

（どうにかして、私の評価を取り戻《もど》さないと……！）

簡単なことではないとわかるから、余計にオフィーリアへの怒りが増してしまう。苛立《いらだ》ちで歯にギリッと力が入り、とても社交界に出せる顔ではなくなってしまう。負の感情がこみ上げてくる中、部屋の扉《とびら》が叩《たた》かれた。

どうやら侍女《じじょ》が手紙を持ってきたようだ。

「……何ですって⁉」

その手紙の送り主は、私がルイス侯爵《こうしゃく》家に送り込んだ侍女だった。彼女によれば、オフィーリアとユーグリット様が最近親しくしているということだった。

「あり得ない……‼」

修復不可能なほど、オフィーリアの奇行《きこう》はユーグリット様に影響《えいきょう》を与《あた》えたはずだ。普通《ふつう》なら、興ざめして見捨てるものなのに。怒りのあまり、手紙をくしゃりと潰《つぶ》してしまう。

（ユーグリット様を先に見ていたのは私なのに……！）

私もユーグリット様に婚約を申し込んだのに断られてしまった。女性に興味がないという噂を聞いていたので静観することにしたのだが、まさかオフィーリアの婚約申し込みが上手くいくだなんて思わなかった。本当ならユーグリット様の隣に立っていたのは私だったのに。

「キャロライン様。招待状も届いているのですが……」

「招待状ですって？」

送り主は、まさかのオフィーリアだった。

「私の評価を下げるつもりかしら？」

ハッと鼻で笑いながらも、ある事実に気が付く。

（待って。ルイス侯爵家主催ということは、多くの貴族が訪《おとず》れるはず。……これは名誉挽《めいよばん》回《かい》の良い機会よ！）

そうとわかれば私がパーティーを利用するまでだ。

にやりと口角を上げると、ルイス侯爵家で待つ私の侍女と招待状にそれぞれ返事を書くのだった。

第六章　ルイス家主催パーティー

無事、お母様とお父様の仲が進展した。

これまでの生活がまるで嘘《うそ》かと思うほどに、二人の距離《きょり》は一気に縮まった。それを屋敷《やしき》中が微笑《ほほえ》ましく見守っていた。

(今が新婚《しんこん》と言っても過言ではないわね)

今後、二人の時間が増えることだろう。少し寂《さび》しくなるものの、お母様の願いが叶《かな》ったことは凄《すご》く喜ばしい。

ちなみに、あの日盗《ぬす》み聞きしていたことはお咎《とが》めなしだった。それどころか、「背中を押してくれてありがとう」とお母様に感謝される結果となった。

幸せそうな二人を見ることができて、私は満足していた。

「やっぱり両思いが一番ね」

最近ではお父様の雰囲気《ふんいき》が一気に柔《やわ》らかく、そして甘くなった。

(お父様もお母様も幸せそうでよかった)

一人感慨《かんがい》にふけっていると、お母様が私の部屋を訪れた。

話したいことがあるようなので、普段と同じように向かい合う形で腰《こし》を下ろした。

「実は、我が家でパーティーを開催することになったの」

「パーティーですか！」

「えぇ。ただ、楽しいだけのパーティーにはならないと思う」

少し声のトーンが下がったのを聞くと、何か意図があってパーティーが行われるのだと察した。

「この前、お茶会で私がキャロラインに縁《えん》を切ると告げて、その場を後にしたでしょう？その影響から、社交界でキャロラインの評価が下がっているという話を聞いたの」

「当然のことかと思います」

お茶会でのキャロライン様の態度は、お母様の友人としてはもちろん、一人の淑女《しゅくじょ》として相応《ふさわ》しくないものだった。

「評価が下がれば、以前の評価を取り戻そうと奔走《ほんそう》するもの。だからキャロラインは、お茶会での出来事を自分に非がないような内容にすり変えて社交界に広めたわ」

「それはもう嘘じゃないですか」

貴族は社交界での評価がかなり重要だ。そのため淑女教育では、悪い噂《うわさ》が流れてしまった時は、はっきりと否定しなさいと教えられた。もちろん、噂が間違《まちが》っていればの場合だが。キャロライン様は、己の過《あやま》ちを認めて、自身の評価が下がったことを受け止めるべきだったのだ。嘘で火消しをするなど、いずれ必ず自分の首を絞《し》めることになる。

「イヴちゃんの言う通りよ。私が社交界に滅多《めった》に出席しないのをいいことに、好き勝手されてしまったの。縁を切るとは言ったけれど、このまま放置するのは得策じゃない」

静かな怒《いか》りを帯びた瞳《ひとみ》は、強い意志を宿していた。

私が知る限り、ルイス家主催《しゅさい》で開催したパーティーは数少ない。誕生日は身内で祝っているし、お父様に関しては自身の誕生日に興味がないので、滅多にパーティーを行わないのだ。そうなれば、興味本位で多くの貴族が参加してくれることだろう。

「今回のパーティーは、お母様が不当に下げられた評価を取り戻すためのもの、ということですね」

「さすがイヴちゃん。その通りよ」

私に向ける眼差《まなざ》しは温かなもので、不思議と安心していた。

「……今回はキャロライン様も招待したの」

「キャロライン様を」

お母様の瞳に宿る意志の正体がわかった。

(……本当に最後のお別れをされるのね)

悪意ある助言をするだけでは終わらず、お母様の怒りに触れても尚《なお》自分の保身に走り偽《いつわ》りの話を吹聴《ふいちょう》するキャロライン様。お母様の怒りはごもっともだ。今のお母様なら、どんな敵にも負ける気がしない。

「頑張《がんば》ってください、お母様」

「ありがとう、イヴちゃん」

そう穏《おだ》やかな声色《こわいろ》で返すお母様には、全く闇《やみ》を感じなかった。

「ここまで話して申し訳ないのだけど、イヴちゃんとシュアちゃんには、当日お留守番をお願いしたくて」

「……お留守番、ですか？」

不参加を伝えられた瞬間《しゅんかん》、しょんぼりとした声が出たのが自分でもわかった。

「ごめんなさい、イヴちゃん。今回は開催時間が夜で、参加者は大人と決まっているの」

本当は凄く行きたい。なんなら特等席でお母様の勇姿をもう一度見届けたかった。しかしよく考えてみると、お母様はきっとキャロライン様への断罪を私とジョシュアに見せたいとは思っていないと察した。

（わがままを言うことはできるけど、お母様の考えを尊重するべきだわ）

私は首を縦に振《ふ》って、お母様の言葉に頷《うなず》いた。

「わかりました、お母様。残念ですが、ジョシュアと一緒《いっしょ》にお留守番してますね」

「ありがとう、イヴちゃん」

お母様はもう一度ごめんねと言いながら、申し訳なさそうに眉《まゆ》を下げた。

「一つね、聞きたいことがあって」

「どうしました？」

「推《お》し活のことなんだけど……」

　お母様から切り出された瞬間、私の中に悲しい感情が広がっていた。

（お父様と結ばれたから、もう必要ないわよね）

　一人落ち込んでいると、お母様から予想外の言葉が飛んできた。

「私はもう推し活はできないのかしら」

「……え？」

「ユーグリット様との関係は良くなったけど、私ユーグリット様を応援《おうえん》したいという気持ちは少しも消えてないの。推しではなく夫という関係を望んだけど、そもそもの話、夫を推しと言ってはいけないのかしら？」

　思いもよらなかった発言に、私は瞬《まばた》きをすることしかできなかった。

「イヴちゃんと一緒にした推し活は凄く楽しかったの。できることならまだ続けたいなと思って」

　暗く沈《しず》んでいた私の心に、一気に光が差し込んだ。嬉《うれ》しさのあまり、顔いっぱいに笑《え》みを広げた。

「しましょう、推し活！」

身を乗り出しながら、お母様の目を見つめた。

「夫を推しと言っては駄目《だめ》……そんなルールは無いはずです！」

「本当？　それは良かった」

安堵《あんど》の息を吐《は》くお母様に、私はまだ口角を上げたままだった。

「早速《さっそく》なのだけど……イヴちゃん、推し活しましょう」

「もちろんです!!」

大きな声で勢いよく返事をすると、私は棚《たな》に向かって道具を取り出し、二人で推し活を始めた。


日が沈む頃《ころ》には推し活を終え、私は書斎《しょさい》へと向かった。

話したいことがあると伝えれば、お父様はすぐに時間をとってくれた。以前のように向かい合って座ると、他愛《たわい》のない話をした後に本題へと入った。

「お父様。結婚記念日前、お母様から手紙をたくさん受け取ったかと思います」

「あぁ」

「その手紙の件ですが、送り続けたのはキャロライン様がお母様に、返事がくるまで送り続けた方が良いと助言されたと、お母様の口から聞きました」

「デリーナ伯爵《はくしゃく》夫人が」

私はお父様に、お茶会で目にしたことを詳細《しょうさい》に語った。

キャロライン様がお母様に助言と称《しょう》しておかしな行動をさせたこと、それを周囲の友人と一緒に楽しんでいた様子まで伝えた。

「……許しがたい行為《こうい》だ」

聞き終えたお父様の顔は無表情だったが、まとう雰囲気《ふんいき》からは静かな怒りを感じた。

「お父様。この話は前提にすぎません」

「前提？」

こくりと頷くと、私はお父様の目を真っすぐ見て事実を口にした。

「十二回目の結婚《けっこん》記念日だったあの日、お母様は心中されるつもりでした」

「!!」

その回答に、お父様は大きく目を見開いた。

「十一回も記念日のお祝いをしてもお父様が来なければ、十二回目も来ないと考えるのが普通《ふつう》です。それはキャロライン様達もわかっていたはず。ですが、彼女達は無垢《むく》なお母様を担《かつ》いで、意味のない行動を助言した上で期待させたのです。今度こそお父様は来ると。その結果、十二回目の結婚記念日はお母様にとって良いものにはなりませんでした。だからあの日、お母様は心中しようとされていたんですよ」

お父様は言葉を失っていた。

想《おも》いが通じ合った矢先、まさか自分の妻が死のうとしていただなんて、衝撃《しょうげき》が大きいだろう。でもこの事実は、お父様が知っておくべきものだ。これからキャロライン様と戦うのなら、尚更《なおさら》。

「決して、来なかったお父様を責めているわけではありません。問題はご友人方がお母様に、自分はお父様に嫌《きら》われていると思い込ませたことですから。……本当に心優《やさ》しき友人なら、お父様に嫌われるような行動を助言しません……忘れないでください。キャロライン様のされたことがいかに悪質で、許されざるべきことなのかを」

「イヴェット……」

予想もしなかった話に驚《おどろ》いたことだろうが、お父様は最初から最後まで、私の目を見て話を聞いてくれた。

お母様は間違《まちが》いなくキャロライン様に対して、報復する思考があるだろう。だからこそ、お父様には少しでもその想いを理解した上でご自身でも怒《いか》りを感じてほしいと思ったのだ。

「デリーナ伯爵夫人のことはよくわかった。教えてくれてありがとう」

「……いえ」

ただお父様に知ってほしかった。その一心で伝えに来たのだ。これは、お母様の口からは言えないことでもあったから。その想いは、無事お父様に届いたようで、お父様は立ち上がって私の方へと移動してきた。そして優しく頭を撫《な》でてくれた。

「イヴェット。約束する。オフィーリアは私が必ず守ると」

「お父様」

優しい声とは裏腹に、瞳《ひとみ》の奥底には怒りが込められていた。

「だからこの一件は、私に託《たく》してくれないか？」

「もちろんです」

私はすぐさま頷くのだった。


パーティーの日がやって来るのはあっという間で、気が付けば当日になってしまった。

お留守番を頼《たの》まれた私は、華《はな》やかなドレスを身にまとったお母様を眺《なが》めるだけで、自分は室内用のドレスのままだった。

「本当にお綺麗《きれい》です、お母様」

「ありがとう、イヴちゃん」

今日のお母様のドレスは、キャロライン様に紹介《しょうかい》された洋装店の物ではなく、お父様が特注で用意した、唯一無二《ゆいいつむに》の物だった。

（さすがお父様。お母様に合う色をわかってる）

暗いピンク色を基調としたドレスは、細かな刺繍《ししゅう》とレースが施《ほどこ》されており、フリルが少なめになっていることから上品な印象を与《あた》える。首元には、紫色《むらさきいろ》のネックレスがきらりと輝《かがや》いていた。今日の主役というに相応《ふさわ》しい輝きをお母様から感じた。

（ゲームのラストイベントは、お母様のように素敵《すてき》なドレスを着て、パーティーに行くのよね）

学年が変わる手前の三月では、毎年学園主催《しゅさい》のパーティーが行われる。

いわゆる卒業パーティーであり、別名告白イベントとも呼ばれる。

卒業するまでの三回、攻略《こうりやく》対象者に告白してもらう機会があるのだ。基本的に一年目は好感度をどんなに上げても親しい友人として終わり、二年目で結ばれて、三年目は両思いルートになる場合が多い。しかし、ジョシュアの場合一年削《けず》られている状況《じようきよう》なので、ジョシュアルートだけ特殊《とくしゆ》な仕組みになっている。一年で告白成功する方法は存在するが、好感度を爆上《ばくあ》げしないと成功しない、難易度ＭＡＸルートになっている。

（それなのに、好感度上げるの全然楽じゃないんだよね。一度でも選択肢《せんたくし》を間違えると、告白は卒業パーティーまでお預けになるんだもの）

難しいとわかっていても、ジョシュア様推しからすれば両思いルートは何としてでも行きたかった。その執念《しゆうねん》でやり込んだ結果、見事二年生の間に告白イベントを発生させることができたのだった。

屋敷《やしき》で待機していると、一台の馬車がやって来た。

中から降りてきたのはジョシュア様で、パーティーのために礼装をまとっていた。

「先輩《せんぱい》、本当に綺麗です」

お互《たが》いを褒《ほ》め合いながら挨拶《あいさつ》を済ませると、馬車に乗り込んで学園へと向かった。

到着《とうちゃく》すると、ジョシュア様はエスコートをしてくれた。手が重なった状態で、学園のホールへ移動した。ホールは煌《きら》びやかな装飾《そうしょく》に彩《いろど》られ、とても華やかな会場だった。

学園長の話が終わると、パーティーが始まった。ジョシュア様からダンスを申し込まれ、喜んで承諾《しょうだく》する。一曲踊《おど》り終えると、ジョシュア様と一緒《いっしょ》にホールを後にした。

「先輩、外に涼《すず》みにいきませんか」

会場を出ると、学園内にある噴水《ふんすい》まで移動した。空はすっかり暗くなっており、満月が美しく輝いていた。ジョシュア様はエスコートの手を離《はな》して向き合うと、心情を吐露《とろ》した。

「……本当は先輩と、あのままもう一曲踊りたかったんです」

同じ人と二回連続で踊ることは、婚約者としかしてはいけない。

そう社交界のルールがある上での、ジョシュア様の発言だった。少しの沈黙《ちんもく》の後、手を掬《すく》い取られた。

「ずっと先輩を想っていました。全《すべ》てが俺のものになればいいと強く思ってます」

それは紛《まぎ》れもない、ジョシュア様の告白だった。

「これから先もずっと、貴女《あなた》の隣《となり》に居続けたいです。俺と婚約してくださいませんか？」

真っすぐな眼差《まなざ》しは、一度も瞬《まばた》きすることなくこちらを見続けていた。

「喜んでお受けいたします」

その台詞《せりふ》を選択《せんたく》する。

「……‼」

大きく目が見開かれたかと思えば、今度は力強く抱《だ》き寄せられた。

「……先輩、大好き」

耳元でささやかれた言葉に、もう一度赤面するのだった。


最高の告白……‼

熱のこもった眼差しがスチルとして映るのだが、これはジョシュア様のスチル史上、最もときめくものだった。あのクールなジョシュア様が、私だけを真剣《しんけん》に見つめてくれていると思うと、胸の高鳴りは止まらなかった。

（それに、今まで一度も満面の笑《え》みを見たことがなかったから、本当にあれは最高だった）

この後は、出会ってから一年で結ばれたご褒美《ほうび》として、両思いルートが解放される。

（卒業まで二年かけてゆっくり親しくなるのもいいけど、やっぱり両思いルートじゃないと見られないジョシュア様の良さがたくさんあるのよね）

うんうんと一人頷《うなず》いていれば、お母様に名前を呼ばれた。

「イヴちゃん」

お母様の支《し》度《たく》は完全に終わったようで、手に香水《こうすい》を持っていた。

「仕上げは……この香水ね！」

「はいっ」

それは先日お母様と一緒に作った、推《お》しをイメージした香水だった。お母様は迷わずラベンダーの精油を軸《じく》に調香《ちょうこう》していた。この数日調整をしていたが、無事パーティー当日までに完成させることができた。

「わぁ、いい香《かお》りです！」

「これもイヴちゃんのおかげよ、ありがとう」

満足そうにするお母様を見て、私も嬉《うれ》しくなる。

「イヴちゃん。今日はユーグリット様が隣にいてくれるから、どんなことがあっても大丈《だいじょう》夫《ぶ》だと思うの」

「絶対大丈夫ですよ。お父様が一緒なら、怖《こわ》いものなどないでしょう？」

「ふふ、そうね」

少し緊張《きんちょう》をしているようにも見えたが、今のやり取りで緩和《かんわ》されたようだ。

「それじゃイヴちゃん。行ってきます。少し早いけど、おやすみなさい」

「おやすみなさい、お母様。たくさん応援《おうえん》してます！」

こうして、パーティー会場に向かうお母様を見送ると、私は自室へと戻《もど》った。

そんなわけでパーティーの参加はしないのだが、勇姿を見届けないとは言ってない。

今日のパーティーのことを聞くなり、私はどうにか会場に潜《もぐ》り込めないか考えていた。

今回はジョシュアを巻き込まず、一人で行動しようとこっそり計画を立てたのだが――。

「姉様のことだからパーティー見に行くと思ったよ」

ジョシュアにすぐバレてしまい、一緒に行くことになったのだ。まさか見抜《みぬ》かれていたとは思わなかったので、そう言われた時はなんだか悔《くや》しかった。

パーティーの開始時刻が近付くと、部屋の扉《とびら》が叩《たた》かれる。扉を開けると、そこにはジョシュアが立っていた。目が合った瞬間《しゅんかん》、ジョシュアの口角が上がった。

「姉様。待たせてごめん」

「そんなことないわ。ちょうどいい時間よ。……ほら、馬車の音が聞こえる」

ジョシュアを迎《むか》え入れると、二人で窓に近付いた。屋敷の外には、既《すで》に招待客の馬車が何台か停《と》まっていた。馬車から降りてくる貴族の服やドレスは、どれも輝いて見えた。

「やっぱり参加したかったわね」

「うん。でも僕は二人で見られるから満足だよ」

窓からジョシュアに視線を向ければ、私を見ながら嬉しそうに笑みを浮《う》かべていた。

「確かに、お母様の戦いを見られるだけ満足よね」

「……うん」

ジョシュアの言葉に同意すると、彼は目線を下げて頷いた。しかしすぐに顔を上げて、窓から離れた。

「じゃあ、行こう。姉様、準備はできた？」

「えぇ、バッチリよ」

私達は部屋を出ると、こっそりと移動を始めた。

「慎重《しんちょう》に行きましょう」

「何でそんなに小声なの？」

「それはもちろん、使用人の皆《みな》にバレないようによ。お留守番するとお母様と約束した以上、破ってると知られたくないもの」

「ほとんどの使用人がパーティーの運営でいないから、多分見つかることはないと思うよ」

「！」

ジョシュアの指摘《してき》で、ハッと気付かされた。

言われてみればそうだ。ここに来るまでの間、三人しか見かけていない。

「うっかりしていたわ」

「うん、みたいだね」

小声で話すことにあまり意味がないと気が付くと、声の大きさを元に戻すことにした。

すると、今度はジョシュアが呟《つぶや》いた。

「……可愛《かわい》い」

「何、ジョシュア。今何て言ったの」

「何でもないよ。というか姉様、また小声だけど」

「……戻したわ。さ、気を取り直して行きましょう」

ジョシュアの呟きにつられてしまったが、すぐさま修正して歩き出した。

パーティー会場自体は一階だ。会場の二階部分は今日使用しないという話を聞いたので、そこから静かに二人で見届けることにしたのだ。

(二階と言っても、半分吹《ふ》き抜《ぬ》け状態で下を見下ろすことができる構造なのよね)

屋敷《やしき》を造った人に感謝をすると、私達は使用人達の目をかいくぐりながら進んだ。

曲がり角で侍女《じじょ》に衝突《しょうとつ》しかけると、ジョシュアが思い切り腕《うで》を引っ張って引き寄せてくれた。

「姉様。大丈夫？」

「……え、えぇ」

間一髪《かんいっぱつ》で侍女を避《よ》けることができたが、ギリギリであったこともあり、胸の鼓動《こどう》が速くなった。

「行ったみたい。進もう」

「そうね」

見つからなかったことに安堵《あんど》した瞬間、ジョシュアが私の手を引いた。

（えっ!?）

突然《とつぜん》のことに思わず手を凝視《ぎょうし》してしまう。

（私と身長が変わらないのに、ジョシュアの手の方が大きい……）

意外だなと思う中で、包まれた手の感触《かんしょく》は温かく優《やさ》しいものだった。

ジョシュアに手を引かれ、いつの間にか書斎《しょさい》付近まで到着《とうちゃく》した。

（お父様の書斎を通り過ぎれば、目的地に行ける）

書斎がある通路の突《つ》き当たりが、パーティー会場の二階部分なのだ。

すると、いきなりジョシュアが立ち止まり、思わず彼の背中にぶつかってしまった。

「ジョ、ジョシュア――」

「静かに」

私の方を向くと、ジョシュアは自分の口元に人差し指を当てながら、素早《すばや》く言い放った。

どうやら書斎付近に誰《だれ》かいるようだ。

人影《ひとかげ》を見ようとすれば、突如《とつじょ》ジョシュアが私の方に顔を近付けた。驚《おどろ》きのあまり顔を逸《そ》らせば、そのまま私の耳元で小さくささやいた。

「姉様、あの侍女怪《あや》しいよ」

「侍女？」

「お父様の書斎の前で立ち止まったと思ったら、そのまま入って行った」

「こんな時間に……？」

「うん。しかも周囲に誰もいないのを確認《かくにん》してた。……何か企《たくら》んでる気がする」

言われてみれば、人が出払《ではら》っているこの状況《じょうきょう》で書斎に入るのは不思議な話だ。もし忍《しの》び込んでいるとしたら、すぐ誰か大人に伝えなくてはいけない。

「……誰か呼んだ方がよさそう」

ジョシュアも同じ考えだったようだ。私はすぐに小声で提案した。

「私がここに残るわ。ジョシュアの方が足速いでしょう。誰か大人を呼んできてくれる？」

足が速いというのは建前だった。本当は義弟《おとうと》を危険な目に遭《あ》わせたくなかったので、とっさに出た言葉だった。

(忍び込んだ侍女が何を考えているかわからない以上、もし見つかったら何をされるかわからない)

だからと言って逃《に》がすのは、今後のルイス家に関《かか》わるところだ。

じっとジョシュアを見つめれば、彼はすぐに首を横に振《ふ》った。

「いや、僕が残るよ」

「それは」

「見張っているだけじゃ駄目《だめ》だ。足止めをして、姉様が呼んで戻って来るまでの時間を稼《かせ》がないと」

「それなら私が――」

足止めをするとなればさらに危険が増す。そうわかっているのに、止めない理由はない。

しかしジョシュアはすぐに私の言葉を遮《さえぎ》った。

「だめだよ、姉様は女の子でしょ」

まさか女の子だからと言われると思わなかったので、戸惑《とまど》ってしまう。するとジョシュアは、私に力強い眼差《まなざ》しを寄越《よこ》した。

「大丈夫《だいじょうぶ》。とっておきの策があるんだ」

「……そうなの？」

「うん。だから姉様には誰か呼んできてほしいんだ」

策があるとしても、やはりジョシュアを残すのは危険だ。そう思いながらも、ジョシュアからは譲《ゆず》らなそうな雰囲気《ふんいき》を感じた。

私は意を決すると、ジョシュアの両手をぎゅっと握《にぎ》りしめる。

「すぐに戻《もど》るから。無茶《むちゃ》しないでね」

「うん。約束する」

二人で頷《うなず》き合うと、私はジョシュアに背を向けて走り出した。

ルイス家主催《しゅさい》のパーティー当日の朝、僕の手元には戸籍《こせき》調査の結果が届いた。

ルイス家に来る前にいた場所はルイス侯爵《こうしゃく》の義弟《ぎてい》にあたる人の家だった。だから僕は勝手に、自分は姉様の従弟《いとこ》なのだと思っていた。しかし――。

「……僕と姉様は、血が繋《つな》がってない」

僕は母が連れて来た子どもだった。

(これなら僕は……姉様を好きになってもいい?)

事実を前に、戸惑いながらも喜びを感じた。

夕方になると馬車が何台も屋敷の門をくぐっていた。

姉様とこっそり会場の二階からパーティーの様子を見ることになっており、僕達は使用人に見つからないように目的地を目指した。

その道中で、異様な光景を目にした。

明らかに挙動がおかしい侍女が、お父様の書斎に入っていったのだ。

見たからには放置することはできず、どうするか考えていると、姉様が自分が残るから僕に人を呼んできてほしいと頼《たの》んだ。

（駄目だ、それはできない）

姉様を危険に晒《さら》すなんて、絶対にできない。

その一心で、僕は首を横に振った。その上姉様を説得するために、とっておきの策があると言って、この場に残る権利を譲らなかった。結果、姉様を送り出すことに成功した。

策など何も思いついていないというのに。

どうしても姉様を残すわけにはいかなかったので、とっさに口からでたものだった。

（ないのなら、今作ればいい）

そう思考を変えると、書斎の扉《とびら》に近付きながら、ある一つの方法が頭に浮《う》かんだ。

扉の前に到着すると耳を近付けた。中から物音が聞こえる。何かを探しているように思えた。それを邪魔《じゃま》するためにも、僕は勢いよく扉を開けた。

「わっ!!」

それはまるで、誰かを驚かせる無邪気《むじゃき》な子どものように。

普段《ふだん》なら絶対にしないことだが、姉様のためだと思えば何でもできた。

中にいた侍女《じじょ》と目が合う。何か手に持っていたが、彼女はさっと背中に隠《かく》した。

「あれ？　お父様は？」

侍女に警戒心《けいかいしん》を持たせないように、キョトンとした顔で書斎の中を見回した。

目の前の侍女は、扉を開けたのが僕だとわかると、あからさまに安堵していた。

「お父様だと思ったのに、違《ちが》ったんだね。こんなところで何をしてるの？」

僕は基本、侍女との交流は少ない。それ故《ゆえ》本当の自分がどんな人間か、知っている人間は限られている。だからこそ、何も知らない幼い子どものフリをすることにした。

僕の姿を見ると、穏《おだ》やかな声で答えた。

「書斎のお掃除《そうじ》をしておりました」

「へぇ、そうなんだね！」

掃除道具など一つも持っていないというのに、目の前にいる幼い子ども相手なら騙《だま》せると思っているのだ。

「坊《ぼう》ちゃまはもうお眠《ねむ》りになった方がよろしいのでは？」

「うん。わかってるんだけど眠れなくて。よかったら話し相手になってよ！」

にこにこと平気で嘘《うそ》を吐《つ》く侍女に不快感がこみ上げるが、僕も同じように無邪気な笑顔《えがお》を張り付けた。

「は、話し相手ですか」

時間を取られることは侍女にとってよくなかったようで、彼女の頬《ほお》が一瞬《いっしゅん》引きつった。

「うん、話し相手。眠れるまで何かお話聞かせてほしいな」

絶対普段の僕なら言わないことを、さらりと口に出す。

「申し訳ございません。私には掃除の続きがありますので」

「それなら手伝うよ！」

早く僕を書斎《しょさい》から遠ざけたいようだったが、気にせずに反応した。

「私どもの仕事を坊ちゃまにさせるわけには――」

「僕が自分でしたいって言う分には問題ないよ」

侍女との会話を終わらせないために、僕は聞き分けの悪い子どもを演じた。すると侍女は焦《あせ》りと苛立《いらだ》ちを含《ふく》んだ視線を僕に向けた。

「じ、侍女の仕事ですので。それでもいけません」

「でも僕が手伝えばすぐ終わるんじゃないかな？」

わずかに床《ゆか》を伝って、足音が近付く気配を感じた。

「なんてね。手伝うつもりはないよ。君が何をしているかは知っているから」

突然《とつぜん》の変貌《へんぼう》に、侍女は衝撃《しょうげき》を受けて固まった。

先程《さきほど》まで浮かべていた笑みを取り払《はら》うと、冷ややかな目で侍女を見上げた。

「愚《おろ》かだね。ルイス家を裏切る人間はいらないよ」

「ひっ」

侍女が後ずさりするほど圧をかけながら、こんな顔は姉様に見せられないと内心で苦笑いした。


ジョシュアに足止めを任せると、私は全速力で来た道を戻った。どこかに必ず使用人がいるはずと信じて、とにかく急いだ。策があると言ったからお願いしたが、内心は心配で仕方なかった。

角を曲がったところで、慣れ親しんだ顔を見つける。

「トーマス!!」

「お嬢様《じょうさま》、どうされましたか」

「大変なの！　こっちに来て！　向かいながら説明するわ!!」

切羽詰《せっぱつ》まっていた私は、とにかくトーマスをジョシュアのもとへ連れて行くことを優先させた。

説明を終えると同時に書斎へ到着《とうちゃく》すると、ジョシュアは無事で侍女は座り込んでいた。

「ジョシュア!!」

「姉様。それにトーマス」

一目散にジョシュアに駆《か》け寄り、勢いよく両肩《りょうかた》を掴《つか》んだ。

「怪我《けが》はない!?」

「うん、大丈夫《だいじょうぶ》だよ」

ふわりと微笑《ほほえ》むジョシュアを見て、ようやく不安から解放された。

その横をトーマスが通って、侍女を拘束《こうそく》する。

「私は何もしておりません……!!」

そう叫《さけ》びながら首を横に振《ふ》る姿には、見覚えがあった。彼女はお母様の専属侍女で、確かお父様はお母様からもらった贈《おく》り物を返品していると私に教えた人だった。

「ではこの書類はなんですか？」

「それはっ……」

侍女が手に持っていた書類を、トーマスが回収した。侍女が言葉を詰《つ》まらせると、トーマスは淡々《たんたん》とした口調で告げた。

「当主の書斎から書類を盗《ぬす》むなど、厳罰《げんばつ》が下りますよ」

「そんな！　私はデリーナ伯爵《はくしやく》夫人に指示されただけです……!!」

「指示ですか」

「はい！　デリーナ伯爵夫人に不利な情報を処理しろと……！」

侍女は目的を吐き出した。だから自分は悪くないという主張を続けたが、トーマスは厳しい目を向けていた。

「悪事だとわかった上で動いている以上、酌量《しやくりよう》の余地なしですね」

「そんな……！」

がっくりと肩を落とす侍女を一瞥《いちべつ》すると、トーマスは私達の方に視線を向けた。

「ご安心ください。デリーナ伯爵夫人に関する書類は、当主様が持って行かれました」

「それならよかった」

ほっと安堵《あんど》の息を吐いていると、トーマスは私達の方を見てしゃがみ込んだ。

「お怪我はございませんでしたか。お嬢様、お坊《ぼっ》ちゃま」

心配そうに見つめるトーマスに、私達はにこりと微笑んだ。

「大丈夫よ！」

「うん、どこにもないよ」

私達の返答に、トーマスは安心したような面持《おもも》ちになった。

「それにしてもお手柄《てがら》です。他家と内通している侍女を捕《と》らえることができたのは、間違いなくお二人の功績ですね」

「いいえ、違うわ。ジョシュアのおかげよ。私は何もしていないもの」

「そんなことない。姉様がトーマスを呼んできてくれたから助かったんだ」

私の否定をさらに否定するジョシュア。そのやり取りを聞いて、トーマスはクスリと微笑んだ。

「素晴《すば》らしい連係ですね」

私とジョシュアは顔を見合わせて、嬉《うれ》しそうに笑った。

安心したのも束《つか》の間で、会場に行く前にトーマスに見つかってしまったという不安が浮《う》かび上がった。それを見透《みす》かしたように、トーマスは笑みを深めた。

「その功績を讃《たた》えて。私は何も見なかったことにしますよ。今だけここには誰《だれ》もいないことにしましょう」

「!!」

「今だけなのが心苦しいですが」

それは暗に、見逃《みのが》してくれるということだった。

侍女の侵入《しんにゅう》という事件があった以上、今起こった出来事は当主であるお父様に報告することになる。私達がパーティーにこっそり行こうとしたこともバレてしまうが、それは仕方ないと思った。お母様との約束を破ってしまうことになるが、引き返したくはなかった。

「ジョシュア、一緒《いっしょ》に怒《おこ》られましょう」

「……そうだね。一緒に」

私達は顔を見合わせると、トーマスに感謝を伝えた。

「ありがとう、トーマス！」

「ありがとう」

「どうかお気をつけて。行ってらっしゃいませ」

トーマスに見送られると、私達は目的の場所に到着した。

二階は窓際《まどぎわ》だけくつろげるスペースがあって、真ん中は吹《ふ》き抜《ぬ》けになっている。耳を澄《す》ませば参加者の声を聞くことができた。

私達は柵《さく》の前に並んで、下を覗《のぞ》くことにした。

「凄《すご》く人が多いね」

「ええ。国中の貴族が参加してくれているみたいよ」

会場は多くの貴族であふれており、既《すで》にパーティーは始まっていた。

「あ、お母様いた」

「えっ、どこ？」

ジョシュアがお母様を見つけたようで、私も会場内を一生懸命《いっしょうけんめい》探した。

「ほら、あそこ」

ジョシュアが指さす方には、お母様がご夫人と楽しそうに話している様子が見えた。

「……姉様。お母様って人気者なの？」

「その可能性が高いかもしれないわ」

キャロライン様主催《しゅさい》のお茶会でも、お母様に好意的に接する人は多かった。今日も似たような雰囲気《ふんいき》を遠目から感じ取り、お母様には多くの味方がいるんじゃないかと思った。

（……キャロライン様はまだいないようね）

会場を見回しても、それらしき人物は見当たらなかった。

「お父様もいたわね」

「どこ？」

今度は私が場所を教えると、ジョシュアはじっとお父様の様子を見ていた。そのあまりにも真剣《しんけん》な眼差《まなざ》しに、私もお父様を見つめる。

お父様は主催者兼《けん》ルイス侯爵《こうしゃく》家の当主として、色々な人と挨拶《あいさつ》しているみたいだった。

（もしかしてジョシュア……侯爵家を継《つ》ぎたいのかな）

ふとそんな考えが浮かんでしまうほど、ジョシュアは熱心にお父様を観察していた。

少し時間が経《た》つと、お母様はお父様と合流して二人で並んだ。

私達がいる真下から、貴族の声が聞こえた。

「とてもお似合いの二人ね。お二人とも幸せそう」

「誰だ？　ルイス夫妻は不仲だと嘘《うそ》を広めたのは」

「デリーナ伯爵夫人じゃなかった？　あの方、断言するように言っていたから」

「とんだ嘘だったな」

夫婦《ふうふ》として親密に過ごす二人に見惚《みと》れる会場中の貴族達。それと同時に、キャロライン様が流した噂《うわさ》が偽《いつわ》りの内容だと伝わっていく。終始和《なご》やかな雰囲気のパーティーだったが、扉《とびら》が開いた瞬間《しゅんかん》、空気が一気に変わった。

キャロライン様が登場したのだ。

「遅《おく》れて登場するのは目立つのに、どうして時間通り来なかったんだろうね」

ジョシュアがこぼした疑問には、なんとなく予想ができた。

「きっと、侍女《じじょ》を信頼《しんらい》していたのよ。証拠《しょうこ》が隠滅《いんめつ》できると信じていれば、自分が今日断罪されないと思っているでしょうから」

「なるほどね」

キャロライン様はどこまでもお母様を利用する気だ。そうでなければ、自分に不利となるパーティーに参加しようとは思わない。なんとも図太い人だ。

会場中の視線がキャロライン様に集中する。

どうやら想像以上に、お母様とキャロライン様に関する話は広まっているようだ。

（お母様……）

いざ戦いの本番となると、不安がこみ上げてくる。無意識にぎゅっと両手に力を入れてしまうほどだ。すると、私の右手にジョシュアが自分の手を重ねた。

「大丈夫《だいじょうぶ》だよ、姉様。お母様にはお父様がいるから」

「そうよね……きっと大丈夫だわ」

安心してと言わんばかりの眼差しに、私の心は落ち着きを取り戻《もど》した。

キャロライン様に視線を戻した。どこか嬉しそうにお父様を見つめたかと思えば、その隣《となり》に立つお母様を見て、一瞬悔《くや》しそうな表情に変わった。

（やっぱり、キャロライン様はお父様に好意を抱《いだ》いていたのね）

そう確信するには十分な様子だった。

全員が沈黙《ちんもく》してキャロライン様に視線を向ける中、彼女はお母様に近付いた。お父様はキャロライン様から守るように、お母様を引き寄せた。その行動がキャロライン様を刺激《しげき》したのか、彼女はお母様に注意をした。

「オフィーリア、何をしているの？　駄目《だめ》じゃない、ユーグリット様にご迷惑《めいわく》をかけては」

「ごきげんよう、デリーナ伯爵《はくしゃく》夫人」

お父様の行動が余程気に入らなかったのか、主催への挨拶もなしに勝手に話し始めた。

「姉様。あの人、マナーを知らないの？　パーティーに参加したら、まずは主催に挨拶するのが当たり前なのに」

「褒《ほ》められた行動ではないわ」

その様子を見たジョシュアも、あり得ないという声色《こわいろ》で非難した。

当然、お母様もそれはわかっているので、余裕《よゆう》たっぷりの表情でキャロライン様に言葉を返した。

「デリーナ伯爵夫人。パーティーに遅れて参加した上に、主催への挨拶もされないのでしょうか？」

淡々《たんたん》と疑問を投げかけるように、お母様はキャロライン様を見つめた。

「……これは失礼いたしましたわ。本日はご招待いただきありがとうございます。ユーグリット様、オフィーリア」

綺麗《きれい》なカーテシーも、前段の印象を引きずるせいであまり優雅《ゆうが》には見えない。

「ようこそいらっしゃいました。本日はどうぞお楽しみください」

主催として、お母様はキャロライン様の挨拶を受け取った。お父様はお母様の言葉に合わせて小さく会釈《えしゃく》をするだけで、何も言葉を発さなかった。

それが彼女の中で益々《ますます》気に食わなかったのだろう。先程中断した話を再開した。

「オフィーリア。ユーグリット様に迷惑をかけることは好ましくないわ。今だって、主催の仕事をユーグリット様から奪《うば》って……わがままを言って困らせるのはよくないわ」

それはまるで苦言を呈《てい》する友人のような振《ふ》る舞《ま》いで、お茶会の日に縁《えん》を切られた人には到底《とうてい》見えなかった。

「私は何も迷惑に思っていない。今回の主催はルイス家だ。私達二人が主催なのに、仕事を奪うという考えがおかしい」

バッサリと切り捨てるお父様の姿は、見ていてとても頼《たの》もしいものだった。

「あぁ、可哀想《かわいそう》なユーグリット様。きっと爵位の高い公爵家出身であるオフィーリアの言うことに逆らえないのですよね。ご安心ください。皆様《みなさま》それは分かっていらっしゃいますから」

キャロライン様はこうも会話ができない人間だっただろうか。そう思えるほど、返しがおかしなものに感じた。さすがにお父様も返す言葉を失っていた。

「なんだか貴族とは思えないね」

隣《となり》ではジョシュアが真っ当な評価を下していた。

「……お茶会ではもう少し冷静な方だったと思うけど」

お母様に追い詰《つ》められた時のみ激しい怒《いか》りを表していたが、それ以外は普通《ふつう》の貴族として、淑女《しゅくじょ》として立ち振る舞っていたはずだ。それなのに今は完全にお母様を見下す態度をしていた。

お母様はあきれたような声でキャロライン様に向けて言った。

「デリーナ伯爵夫人。貴女《あなた》がそこまで思い込みの激しい人だとは思いませんでした」

「まぁ、何を言うのオフィーリア。十年以上もユーグリット様への想《おも》いが実らなかったことは事実でしょう？　そしてそれは今も。だから貴女は社交界に顔を出さなかったんじゃない。……いいえ。ユーグリット様と参加できなかった、と表現するべきね。それなのに、急に想いが通じただなんて話。それこそオフィーリアの思い込みが激しくて心配になるわ」

キャロライン様はあくまでも自分は心配をしているのだという雰囲気を、これでもかというほど醸《かも》し出していた。彼女の言うことが全《すべ》て間違《まちが》っているわけではない。ただ、それを悪意的に発しているとわかっているからこそ、私は苛立《いらだ》ちが増していった。

「それはいらぬ心配と言うのですよ」

「そんな！　私は貴女のことを思って言っているのに」

「都合の良い解釈《かいしゃく》を押し付けているようにしか思えませんが」

まるで自分が被害者《ひがいしゃ》だと言わんばかりの振る舞いを見せるキャロライン様に対して、お母様は微動《びどう》だにしなかった。キャロライン様はキッと睨《にら》みつけてお母様を牽制《けんせい》しようとした。すると、それから守るようにお父様が優《やさ》しく引き寄せた。その行為《こうい》がキャロライン様の逆鱗《げきりん》に触《ふ》れたようで、彼女は一歩お母様に近付いた。

「ユーグリット様。オフィーリアにはさぞ疲《つか》れたでしょう。膨大《ぼうだい》な浪費《ろうひ》や、非常識な行動。お可哀想に。元々はオフィーリアが権力を盾《たて》に無理やり成立させた婚約《こんやく》ですものね」

キャロライン様の発言に、会場はざわめき始めた。

「そうだったのか？　先程《さきほど》の姿は到底無理やりには見えないが」

「言いがかりなんじゃないかしら」

「でも、キャロライン様は長くの親友よね。事情を知っているのでは？」

様々な反応と憶測《おくそく》が飛び交《か》う中で、お父様が一歩前に出た。

「勝手なことを言うのはやめていただきたい」

「ユーグリッ」

「その呼び方も、やめてもらおうか。私は妻以外に名前で呼ぶことを許可した覚えはない。それは今後もだ」

「!!」

お父様から向けられた嫌悪《けんお》に衝撃《しょうげき》を受けるキャロライン様。

「私は権力を盾にされたわけではない。自らオフィーリアに婚約を申し込んだんだ」

お父様がハッキリと断言すると、周囲の貴族からは好意的な反応が見られた。

「ルイス侯爵《こうしゃく》からの申し込みだったんですね」

「デリーナ伯爵夫人が流した噂はとんだ嘘《うそ》だったな」

会場内が納得《なっとく》する空気になる中、キャロライン様はあり得ないという表情でお父様を見つめていた。

「オ、オフィーリアにそう言えと脅《おど》されたのですよね？」

「脅されたことなど一度もないが」

ぴしゃりとお父様が返答すると、キャロライン様は首を横に振っていた。

「う、嘘よ！　そんなわけがない……！」

狼狽《うろた》えるキャロライン様を前に、今度はお母様も一歩踏《ふ》み出した。

「デリーナ伯爵夫人。嘘を吐《つ》いているのは貴女でしょう」

「……オフィーリア。何を言ってるの」

「貴女に紹介《しょうかい》していただいた洋装店のことです。心当たりがあるでしょう？」

お母様が淡々とした声で答えると、キャロライン様はびくりと肩《かた》を震《ふる》わせた。

「ある日耳にしたんです。紹介してもらった洋装店のドレスは、どれも既製品《きせいひん》なんじゃないかという話を。それが本当か気になって、ルイス家で調べましたが、結果は酷《ひど》いものでした」

その言葉に、キャロライン様の顔色は段々と悪くなっていった。

「その後王家立ち会いのもと改めて調査をした結果、デリーナ伯爵夫人は、利用者に対してドレスを不当に高額で売りつけていること、オーダーメイドと称《しょう》して既製品を販売《はんばい》していることが明らかになりました。これは詐欺《さぎ》に当たる行為です」

お母様はお父様から書類を受け取って、それをキャロライン様に向けて見せた。

「これは調査結果と、デリーナ伯爵家が洋装店の経営に関《かか》わっているという証拠《しょうこ》です。そして、その経営は妻のキャロラインに任せてあるという伯爵からの証言もあります」

キャロライン様の悪事が暴《あば》かれると、貴族達は幻滅の眼差《まなざ》しを彼女に送った。

「ち、違うわ！　これはオフィーリアがでっちあげて――」

どうにか反論しようとキャロライン様は声を上げたが、彼女の主張を聞く者はもはや一人もいなかった。

「まだ嘘を重ねるのかしら」

「見苦しいな。王家が立ち会ったという証拠があるのに」

「とても友人にしたとは思えない、非道な行為だ」

冷たい視線がキャロライン様に突《つ》き刺《さ》さる。彼女は頭を抱《かか》えながら、震え出した。

「そんなわけない……悪いのは私じゃないわ、オフィーリアよ……!!　どうしてそれがわからないの!!」

キャロライン様――いや、キャロラインの叫《さけ》びが会場中に響《ひび》いた。そして、お母様を恐《おそ》ろしい形相で見つめる。

「貴女のせいよ、オフィーリア。貴女さえいなければ……!!」

「デリーナ伯爵《はくしゃく》夫人を取り押さえろ!!」

キャロラインが一歩踏み出した瞬間《しゅんかん》、お父様がお母様を強く抱《だ》き寄せながら、待機していた騎士《きし》に指示を出した。

「放しなさい！　捕《と》らえるべきはオフィーリアでしょう⁉」

「連行しろ」

お父様が一言告げると、キャロラインは騎士二名に両腕《りょううで》を押さえられながら、引きずられるように退場するのだった。静まり返る会場に、お母様の朗《ほが》らかな声が響いた。

「皆様、お騒《さわ》がせしてしまい申し訳ございません。まだパーティーは終わりませんので、引き続きどうぞお楽しみください」

誰《だれ》よりも感傷に浸《ひた》りたいはずなのに、主催《しゅさい》として場を収める姿は、本当に尊敬する。

「……終わった」

「うん、よかったね」

ポツリと呟《つぶや》くと、ジョシュアが嬉《うれ》しそうに頷《うなず》いた。

「姉様。そろそろ戻《もど》ろう。パーティーが終わる前に」

「そ、そうだわ……！　行きましょう、ジョシュア」

お母様とお父様の耳にはいずれ届いてしまうが、万が一でも招待客に見つかってしまった場合がまずい。ルイス家の子ども達は覗《のぞ》き見をするような子だと広まってしまう可能性もある。その懸念《けねん》があったので、自室に戻ろうとした。急いで足を踏み出した瞬間、安堵《あんど》からか力が抜《ぬ》けてよろめいてしまった。

「姉様っ」

　とっさに手を伸《の》ばしたジョシュアが、私を支えてくれた。

　かなりの至近距離《きょり》に動揺《どうよう》しながら、ジョシュアが片手で私を支えられるほど力があることに衝撃を受けていた。

「あ、ありがとう」

「頑張《がんば》り過ぎだよ、姉様」

　ぐっと引き寄せてくれたおかげで体勢を立て直すことができたのだが、ジョシュアと向かい合う形になった。そして、ゆっくりともう片方の手が近付いた。

「でもお疲れ様」

　その手が私の頭を優しく撫《な》で、ジョシュアはふわりと微笑《ほほえ》んだ。

（……えっ。な、なにこれ）

　頰《ほお》が熱くなるのを感じた。慌《あわ》てて顔を会場の方に逸《そ》らせば、そこには楽しそうに踊《おど》る二人が見えた。

「見て、ジョシュア。お母様とお父様が踊っているわ」

　まるでジョシュアから逃《に》げるように、話を逸らした。

「本当だ」

　お母様達の方を見たからか、先程よりは距離が遠くなった。鼓動《こどう》を落ち着かせていると、ジョシュアは呟いた。

「……早く大人になりたいな」

どこか切望しているような声だったが、動揺が残ったまま私は同意した。

「そうね。そうすればこんな風にこそこそしなくて済むものね」

笑いかけるようにジョシュアに返せば、なんだか残念なものを見る目をしていた。

「違《ちが》うけど……でも姉様はきっと綺麗《きれい》だろうね」

「え？　あ、ありがとう」

せっかく動悸《どうき》が治まったと思ったのに、再び動き出してしまった。それを悟《さと》られたくないと反射的に感じ、慌てて扉《とびら》の方を振《ふ》り向いた。

「さっ、戻りましょう」

誤魔化《ごまか》すように踏み出せば、ジョシュアがまた私の手を握《にぎ》った。

「心配だから」

一瞬硬直《こうちょく》したが「義姉弟《きょうだい》だもんね」と思って、仲良く自室へと戻るのだった。

エピローグ

無事に、ルイス家主催のパーティーは幕を閉じた。

あの後キャロラインは、正式に国王陛下によって裁かれ、ルイス侯爵家《こうしゃくけ》に賠償金《ばいしょうきん》を支払《しはら》うことになった。そしてデリーナ伯爵からは離婚《りこん》を突き付けられ、彼女は実家に戻ったらしい。その後を知る者はおらず、噂《うわさ》では実家を追い出されて平民として暮らしているのだとか。

後からわかったことだが、書斎《しょさい》に忍《しの》び込んだ侍女《じじょ》はお母様の専属侍女で、長い間キャロラインと繋《つな》がっていた。どうやら、お母様が悩《なや》んだ時にキャロラインの助言を実行するよう勧《すす》めていたようだ。悪意のある行動に、侍女は鉱山送りになった。

私とジョシュアはパーティーの後、しっかり両親に怒《おこ》られたが、それ以上に侍女を捕らえたことを褒《ほ》められた。

パーティーを開催したことで、お母様とお父様の仲の良さが瞬《また》く間に広まり、今では恋《れん》愛結婚《あい》の憧《あこが》れとして語られている。

あれから一ヶ月が経過し、私は穏《おだ》やかな毎日を送ることができている。

今日はジョシュアに贈《おく》る新しい眼帯を作っていた。

（……思えば、推《お》し活のおかげで、家族仲が良くなったな）

私はジョシュアと、お母様はお父様と。

振り返ってみると、推し活がこんなにも大きな役割を果たしたことに改めて驚《おどろ》いていた。

数々のグッズを見ながら思い出を振り返ろうとすると、部屋の扉が叩《たた》かれた。

「イヴちゃん。入ってもいいかしら？」

「もちろんです」

来訪したのはお母様で、今日は私の隣《となり》に座った。

「シュアちゃんの眼帯を作っていたのね」

「はい。今使っている眼帯が、少し傷《いた》んできていたので」

「ふふ、しっかり見てるなんてさすがね」

「ありがとうございます」

そう言われるとなんだか少し恥《は》ずかしくなったが、顔には出さなかった。

「今日はどうされました？」

「実はね、今日は久しぶりに何もない日なの……！」

嬉々《きき》とした様子で話すお母様。

ルイス家が主催したパーティーの後、夜会やお茶会など各所に顔を出していたのだ。

元々積極的に社交をする人ではないのだが、招待して来てもらった以上、今度は自分が行くのが礼儀《れいぎ》なのだと教えてくれた。侯爵夫人なので、断れるパーティーもあったとは思うが、招待してもらったからとほとんど全《すべ》てのパーティーに参加していた。

（お母様が多くの人から好かれるのは、こういう部分だと思うな）

そして、ルイス家主催のパーティーから少し経過した頃《ころ》に、お母様は宣言通りルイス家でお茶会を開催した。キャロラインが主催したお茶会でのお詫《わ》びを意味するものだったが、お母様を責める人は一人もいなかった。そして、お母様を囲っていたキャロライン以外の友人は招待されることはなかった。どうやら彼女達はお母様を騙《だま》したという話が広まり、社交界では白い目を向けられているらしい。

お母様は毎日忙《いそが》しくしていたが、中にはお父様と一緒《いっしょ》に参加するパーティーもあったので楽しそうだった。

（今のお母様は生き生きとしてる。……死とは無縁《むえん》なくらいに）

もう自分がお母様の心中に巻き込まれて死ぬことはないと断言できる。ほっと胸を撫でおろしながら、お母様を見つめた。

キャロラインに騙され、利用された上に虚言《きょげん》を流されても尚《なお》、お母様の評価が失墜《しっつい》することはなかった。私はそんなお母様の偉大《いだい》な姿を尊敬し、お母様のようになりたいと思う。

「やっとまとまった時間が取れるから、今日は推し活がしたくて」

「いいですね、何を作りますか？」

「ふふ。ケーキを作ろうと思うの」

「ケーキを！」

「安心して。もう厨房《ちゅうぼう》の使用許可はもらってるから！」

手際《てぎわ》の良さに感心しながら、お母様はずっと何かを作りたかったんだなと感じた。

私達は厨房に向かうと、ケーキ作りを始めた。

二度目ということもあり、お母様は慣れた手つきで生地《きじ》を焼いて行く。

じっとオーブンとにらめっこをしている姿は、お母様と言えど可愛《かわい》らしかった。

「お母様」

「どうしたの、イヴちゃん」

パーティー続きのお母様とゆっくり話すのは久しぶりで、私はずっと伝えたかったことを満面の笑《え》みで告げた。

「お母様は私の自慢《じまん》のお母様です」

「まぁ……！　そんな風に言ってもらえると照れてしまうわ」

頬を片手で隠《かく》すお母様と目が合うと、私は笑みを深めた。

「大好きです、お母様」

そう告げれば、お母様も眩《まぶ》しいくらいの笑みを返してくれた。

「私もよ。世界で一番の宝物だわ。イヴちゃんが大好きよ」

「……お父様よりですか？」

「あら。難しい質問ね」

お母様の、お父様に対する愛を知っている上での問いかけだった。もちろんお母様自身も、それはわかっていたことだろう。

お母様が答えを出すよりも先に、温かな声に遮《さえぎ》られてしまった。

「すまないがイヴェット、その座は譲《ゆず》ってもらえるか？」

「ユーグリット様。それにシュアちゃんまで」

くるりと振り向けば、そこにはお父様とジョシュアまで厨房に来ていた。

「お父様にそう言われては仕方ありませんね。もちろんですよ、お譲りします」

「ありがとう、イヴェット」

お父様と微笑《ほほえ》み合っていると、すぐ隣にジョシュアがやって来た。

「ケーキ作ってるの？」

「えぇ」

ジョシュアを見ながら私は頷《うなず》いた。

「それなら僕も手伝うよ」

「それは嬉《うれ》しいわ。せっかくならユーグリット様もいかがですか？」

「もちろん手伝おう」

（お、お父様がケーキ作りを⁉）

思いもよらなかった展開に、私は大きく目を見開いた。ジョシュアも驚いているようで、珍《めずら》しく口を開けて固まっていた。

こうしてルイス家全員でのケーキ作りが始まった。

今回は生地を二つ焼くことになったので、お父様とお母様がもう一つの生地を作り始めた。私とジョシュアは、焼きあがった生地の飾り付けをする。

「さすが姉様。手先が器用だね」

「あら、ジョシュアだって上手よ」

「ありがとう」

ジョシュアが隣に立っても、動揺《どうよう》することはなかった。いつも通り平常心のままだった。この間のパーティーでは、きっとお母様の戦いっぷりに興奮していたのだろう。

二人で話していると、お母様が私達の方をじっと見つめた。

「あら、もしかしてシュアちゃんの方が大きくなったんじゃない？」

「そうだな。ジョシュアは背が高くなりそうだな」

どうやら両親から見ると、私達の身長差は逆転してしまったみたいだ。ジョシュアを見れば、嬉しそうに口元を緩《ゆる》めている。

（う……ジョシュアに抜《ぬ》かされてしまったわ）

いずれ抜かされるのがわかっていたとしても、少し速い成長に驚いていた。

（それにしても……まさかこうやって家族の時間を過ごす日が来るだなんて）

半年前の自分では想像もつかなかった光景。

だけど夢ではなく想像でもない、現実なのだ。

「姉様。お母様とお父様が幸せそうで良かったね」

「ええ、凄《すご》く嬉しいわ」

同じことを思っていたのか、私達は楽しそうにする両親を見て、笑い合った。

そしてケーキが完成すると、全員で食堂に移動して食べ始める。

前回はお父様に食べてもらえなかったケーキだが、今回は違《ちが》うのだと思うと、感慨深《かんがいぶか》いものがあった。終始和《なご》やかな空気で、楽しくケーキを食べた。

完食するのはあっという間で、美味《おい》しかったとお母様が微笑んだ。

「それならまた皆《みな》で作ろう。今度は今日より多く」

「そうですね。ふふ、楽しみが増えました」

お父様とお母様の言葉に同意だ。またいつか、家族で作れる日が今から待ち遠しい。

片付けはお母様達がしてくれて、子どもはゆっくりしていなさいということだった。

立ち上がって食堂から出ようとすると、ジョシュアに呼び止められた。

「姉様。二人で過ごさない？」

「えぇ」

何か話したいことでもあるのだろうかと思いながら、私の部屋に移動した。

部屋に入りソファーへと向かえば、なぜかジョシュアは隣《となり》に座った。

「……ジョシュアはあっちじゃない？」

「隣じゃ駄目《だめ》なの？」

(その聞き方はずるいわ)

駄目だと言えばいいのに、言葉に詰《つ》まってしまった。

「いつもは向かい合って座るでしょう」

なんとか別の表現で伝えれば、ジョシュアはぐっと顔を近付けた。

「でも、こういう風にくっついてくれる時もあったよ」

「えっ」

「眼帯をつけてくれた時は、もっと近かったよね」

それは私がジョシュアと仲良くなろうとしている時期の話であり、眼帯をつけた時は特例だ。あれを基準にしてはいけない。

そう言いたいのに言えず、ただ戸惑《とまど》ってしまう。

「だからもっと近付いていいよね？」

「それは」

またもや答えに困る聞き方をされてしまった。上手《うま》く反応できないでいると、ジョシュアは顔を近付けた。そしてふわりと笑みを浮《う》かべる。

「離《はな》れないよ、これからもずっと」

突然《とつぜん》の発言に動揺して目線が迷子《まいご》になってしまう。

「こっち見て」

まるでおねだりするように言われてしまえば、反射的にジョシュアを見てしまった。

「覚悟《かくご》してね、イヴェット」

そう笑みを深めるジョシュアに、私は恥《は》ずかしさで爆発《ばくはつ》寸前だった。

(私の推《お》しは乙女《おとめ》ゲームのジョシュア様なのに……どうして義弟《ジョシュア》にドキドキしてるの⁉)

その答えは私にはわからなかった。

あとがき

皆様《みなさま》こんにちは。作者の咲宮《さきみや》と申します。

この度《たび》は本作を手に取ってくださり、誠《まこと》にありがとうございます。

このお話は、元々小説投稿《とうこう》サイトにて連載《れんさい》していた作品です。皆様に応援《おうえん》していただいたおかげで、書籍《しょせき》にすることができました。心より感謝申し上げます。WEB版からかなりの改稿《かいこう》と加筆を重ねたので、また違《ちが》う面白《おもしろ》さがお届けできたのではないかと思います。

イラストは春海《はるみ》汐《しお》先生が、イヴェットとジョシュアの幼さと可愛《かわい》らしさを、大人になったジョシュア様のクールな姿の中にある孤独《こどく》で影《かげ》のある様子を、非常に繊細《せんさい》かつ美麗《びれい》に描《えが》いてくださいました。本当にありがとうございます。他《ほか》にも、デザイナー様、印刷所の皆様、校正様、この本に携《たずさ》わってくださった方々に深く感謝申し上げます。

担当様には今回もお世話になりました。心強い助言とサポートをしていただき、一冊の書籍にすることができました。心より御礼《おれい》申し上げます。

本作が、皆様に少しでも楽しんでいただけることを願っております。

咲宮

「孤独な推しが義弟になったので、私が幸せにしてみせます。
押して駄目なら推してみろ！」の感想をお寄せください。
おたよりのあて先
〒102-8177　東京都千代田区富士見2-13-3
株式会社KADOKAWA　角川ビーンズ文庫編集部気付
「咲宮」先生・「春海　汐」先生
また、編集部へのご意見ご希望は、同じ住所で「ビーンズ文庫編集部」
までお寄せください。

孤独《こどく》な推《お》しが義弟《ぎてい》になったので、私《わたし》が幸《しあわ》せにしてみせます。

押《お》して駄目《だめ》なら推《お》してみろ！

咲宮《さきみや》

角川ビーンズ文庫　24394

令和６年11月１日　初版発行

発行者———山下直久
発　行———株式会社KADOKAWA
〒102-8177　東京都千代田区富士見2-13-3
電話 0570-002-301（ナビダイヤル）
印刷所———株式会社暁印刷
製本所———本間製本株式会社
装幀者———micro fish

ISBN978-4-04-115553-0 C0193 定価はカバーに表示してあります。